· 可可爱爱的

五个面包

吉竹伸介插图本

[捷]恰佩克 著　[日]小野裕康 企划
[日]吉竹伸介 绘　杨睿 译

中信出版集团 | 北京

图书在版编目（CIP）数据

五个面包 /（捷）恰佩克著；（日）吉竹伸介绘；
杨睿译 . -- 北京：中信出版社，2022.9（2023.11重印）
（可可爱爱的世界名著）
ISBN 978-7-5217-4544-3

Ⅰ.①五… Ⅱ.①恰… ②吉… ③杨… Ⅲ.①短篇小
说－小说集－捷克斯洛伐克－现代 Ⅳ.① I514.45

中国版本图书馆 CIP 数据核字（2022）第 121977 号

ITSUTSU NO PAN by Hiroyasu Ono & Shinsuke Yoshitake
Copyright © 2019 Hiroyasu Ono & Shinsuke Yoshitake
All rights reserved.
Original Japanese edition published by Rironsha Co., Ltd.
Simplified Chinese translation copyright © 2022 by CITIC Press Corporation
This Simplified Chinese edition published by arrangement with Rironsha Co., Ltd., Tokyo,
through HonnoKizuna, Inc., Tokyo, and BARDON CHINESE CREATIVE AGENCY LIMITED

本书仅限中国大陆地区发行销售

五个面包
（可可爱爱的世界名著）

著　　者：［捷］恰佩克
企　　划：［日］小野裕康
绘　　者：［日］吉竹伸介
译　　者：杨睿
出版发行：中信出版集团股份有限公司
　　　　　（北京市朝阳区东三环北路 27 号嘉铭中心　邮编　100020）
承　印　者：北京盛通印刷股份有限公司

开　　本：787mm×1092mm　1/32	印　张：6	字　数：72千字
版　　次：2022 年 9 月第 1 版	印　次：2023 年 11 月第 4 次印刷	

京权图字：01-2022-2905
书　　号：ISBN 978-7-5217-4544-3
定　　价：22.00 元

版权所有·侵权必究
如有印刷、装订问题，本公司负责调换。
服务热线：400-600-8099
投稿邮箱：author@citicpub.com

目 录

III 译者序

001 如意珠宝与小鸟
027 被盗的仙人掌
045 老犯人的故事
059 纪录
079 曾经会飞的男人
097 法律案件

105　感冒

113　我们的恶

119　机器的统治

127　时代的没落

141　五个面包

151　尤拉伊·丘普的悲剧

167　脚印

译者序

卡雷尔·恰佩克是捷克历史上最为多才多艺又深具影响力的作家之一。他身兼多重身份，在人们眼中他既是一位小说家、剧作家、儿童文学作家、传记作家、散文家，又因是一名新闻工作者、一位插画家而远近闻名。1890 年，恰佩克出生在捷克波希米亚北部的一个产矿小镇，他在摩拉维亚最大的城市布尔诺完成了中学阶段的学习，而后又获得了布拉格查理大学的哲学和美学博士学位。毕业后，恰佩克并没有停止学习，而是继续在柏林和巴黎深造。不同国家不同地区的游学经历丰富了恰佩克的见闻，也开阔了他的视野，为他的文学创作提供了源源不断的灵感和启发。

恰佩克一生笔耕不辍，他的作品真可谓是汗牛充栋。他著有小说《鲵鱼之乱》，科幻剧本《罗素姆万能机器人》，儿童文学《我的小狗达森卡》，等等。1923年茅盾根据年轻作家和文学评论家的评论，列出的五十二部最优秀的戏剧作品中，卡雷尔·恰佩克和他的哥哥约瑟夫·恰佩克合作的戏剧《昆虫世界》就赫然在列。茅盾称卡雷尔·恰佩克为"玄学的艺术家"。可见，恰佩克的作品很早就得到了中国读者的喜爱。

你可能已经对恰佩克非常了解了，但作为译者，我还是想和大家分享一下我眼中的恰佩克，或许这能有些微助益。

读恰佩克小说的时候，我脑海中的他作为"二十世纪捷克著名作家"的生硬标签逐渐淡化。在我眼中，他更像是一名游历世界的魔术师，用纸笔展示高超的技艺。

翻译恰佩克的作品着实不是一件易事,丰富的辞藻在他的笔下流转,犹如布拉格老城广场上翻飞的肥皂泡,在阳光下折射出不同的色彩,显得奇幻陆离又趣味横生。恰佩克真可谓是捷克语语言的魔术师,他的笔触亦诙谐亦荒谬,初读时给人一种丈二和尚——摸不着头脑的困惑,读罢却又会被他故事里跌宕曲折的玩笑逗得捧腹,不由自主地叹一句"原来不过如此"。他的文字时而一板一眼、字斟句酌,时而又充满乡间俚语,萦纡着浓郁的市井气息,可以说是亦雅亦俗,皆可带来与众不同的趣味和体验。

恰佩克的小说特色鲜明。故事情节常常是在两个朋友的闲聊中展开,聊着聊着一方就打开了话匣子,开始滔滔不绝地讲起自己的经历和见闻。所以我们在恰佩克的小说中,常常可以读到一个人大段大段的独白,独白中的讲述者既是在讲别人的故事,又夹杂着自己的亲身经历,时不时还抑制不住地冒出几句精辟的点评,抑或是将自己的愤慨一吐为快。那感觉就像是坐在布拉格小酒馆中的两位密友,他们端着大杯啤酒,谈笑风生。两人早有些许微醺,所以讲的故事多多少少有些润色和夸张,又或者那故事是他们不知从哪儿道听途说的风趣事儿,真假难辨,倒是能博人一乐。可是笑过之后却又引人深思,这大概就是恰佩克独特的幽默方式,他最擅长的就是给自己笔下的真相与现实披上一层奇妙而又风趣的面纱。只等你亲自来揭开这层面纱,亲自来探勘作者文字深层的隐喻和哲思。

在恰佩克所处的时代,世界历史的舞台也在上演着天翻地覆变化的戏剧。他仿佛是一位历史的见证者,亲历第一次世界大战的爆发,目睹奥匈帝国的分崩离析,见证捷克斯洛伐克共和国的诞生,而后金融危机爆发,《慕尼黑协定》中德国纳粹强取豪夺,于是他又眼见着这个新诞生的共和国大厦将倾。这一切都成为恰佩克生命中重要的转折点,深刻地烙印在他记忆的深处,染成了他文学创作褪不尽的底色。正是在这样的时代舞台上,恰佩克作为亲历者又作为书写者,将混乱世界的变迁融入自己的小说中。

在这本书中,你会遇到形形色色的主人公。他们中间有心心念念如意珠宝与小鸟地毯,想方设法却总也得不到的维塔谢克医生;有痴迷于仙人掌的仙人掌大盗拉切克;有曾经会飞,却在专家面前丧失了飞行能力的汤姆西克先生;有绞尽脑汁也想不出雪地上的脚印从何而来的鲍拉。亲爱的读者,不管何时你都可以翻出这本书来读一读,烦闷的时候,恰佩克的故事可以给你带来快乐;开心的时候,不妨想一想恰佩克小说背后的深意。希望你能够在恰佩克这位魔术师的世界里经历一段趣味横生的旅程。

杨睿

2022 年 3 月 21 日

如意珠宝与小鸟

"嗯。"维塔谢克医生清了下嗓子，开始说起，"对于波斯地毯，我倒是有些了解，我不得不这样讲，现在的地毯已经远不如以前的地毯那样好了。现如今，那些东方匠人已经不再像以前那样制作地毯，他们不再用介壳虫、靛蓝、藏红花、骆驼尿、五倍子以及其他一些优质的有机染料来给羊毛上色；当然，羊毛也不如以前的羊毛那样好了。

"说到地毯上的花纹样式，足以把人气哭。传统的波斯地毯图纹，已经是一门失传的手艺了。只有那些年代久远的地毯，那些1870年以前的制品，才具有一定的价值。但是这样贵重的地毯，只有当名门望族想要出售爷爷辈留传下来的财产时，您才有可能买得到。

"前不久，我在罗容贝尔克城堡看到了一件真正的特兰西瓦尼亚地毯——那不过是一小块地毯，上面绣着圣像，那块地毯产自17世纪的土耳其，当时统治特兰西瓦尼亚的正是土耳其。参观城堡的游客们穿的皮鞋已经把地毯踩坏了，根本没有人知道那块地毯价值连城。要是知道的话，他们肯定会扑在地毯上哭泣。

"世界上价值最高的地毯在我们布拉格，对此无人知晓。

"正是如此：我认识布拉格所有出售地毯的商铺，有时我还会到这些店铺转转，去看看那里在卖些什么。要知道，有些在安纳托利亚或是在波斯的地毯代理商，他们会简单粗暴地从清真寺或是其他一些地方，随手偷来一些古老的地毯。他们把古老的地毯裹在两米厚的一大捆地毯里称重售卖。有时我会想,那一大捆地毯里该不会有产自拉迪克或者贝尔加莫的地毯!

"因此,有时我会亲自去拜访那些地毯商,坐在堆积如山的地毯上,一边抽烟,一边看他们出售产自萨鲁克和大不里士的地毯。

"有时我会问他们,那个压在最下面的地毯是哪里的,那个黄色的?哦,原来是哈马丹的地毯。

"我经常去拜访一位叫作塞韦林诺瓦的太太,她在布拉格老城的四合院里有一间商铺,在那里,我不时可以找到精美的卡拉曼地毯以及基里姆地毯。塞韦林诺瓦太太胖乎乎的,长得和蔼可亲,她总喜欢絮絮叨叨。

"塞韦林诺瓦太太养了一只鬈毛小母狗,那狗也是胖乎乎的,时常认不清人。这种胖乎乎的小狗往往脾气暴躁,常常一边气喘吁吁,一边愤愤不满地吠个不停。这点真令人讨厌。你们当中有谁之前见过小鬈毛狗？反正我没有。在我看来，所有鬈毛狗都类似于年迈的监察员、稽查员，或者说是税务监管员，他们就是这一类人。阿米娜总是趴在屋角的正方形地毯上，鼾声如雷。

"为了维持和塞韦林诺瓦太太之间的友好关系，我不得不坐在屋角的正方形地毯上，抚摸阿米娜的后背。塞韦林诺瓦太太可太喜欢阿米娜——她的鬈毛狗了。

"有一次我对塞韦林诺瓦太太说：'从您这儿买地毯对我来说可是宗赔本的买卖，我脚下的这块地毯，您都在这儿铺了三年了。'

"塞韦林诺瓦太太说：'时间更长，这块地毯在屋角铺了起码有十年以上了，但这并不是我的地毯。'

"'啊？难道这是阿米娜的地毯？'我感到

诧异。

"'当然不是,'塞韦林诺瓦太太笑着说,'地毯是另一位太太的,但是她家没有多余的空间,只好铺在我这里。铺在这里,我着实嫌它碍事,但至少阿米娜喜欢在上面打盹。阿米娜,你说是不是呀?'

"我掀开地毯的一角,阿米娜赶忙跳到一边,冲我汪汪地低声怒吼。

"'这是块古老的地毯,'我问道,'我可以看看吗?'

"'有何不可,'塞韦林诺瓦太太说着把阿米娜搂在怀里,'好了,阿米娜,先生就只是看一眼,之后还是我家小宝贝睡觉的毯子。别吵了,阿米娜,不许叫了!一边儿去,你个小笨狗!'

"与此同时,我把地毯摊开,我感到自己的心脏怦怦直跳。这可是一块产自十七世纪安纳托利亚的地毯,尽管有几处已经被踩得破破烂烂的了,但我要跟你们说,这可是一块小鸟地毯,上面绣着如意珠宝和小鸟的图案,这种图案有一种超凡绝伦但却被禁止的图纹,实属世间罕有。

"这块地毯起码有五米乘六米大小,雪白的地毯上装饰有蓝绿松石和樱桃粉的花纹……

"我站在窗边,确保塞韦林诺瓦太太不会看到我的脸,然后说道:'塞韦林诺瓦太太,这毯子不过就是块破布,您把它铺在这里已经年久发霉了。如果您的朋友没有地方铺这块毯子,不如干脆卖给我吧。'

"'这我可不能轻易答应,'塞韦林诺瓦太太回答道,'我朋友的这块地毯原本不是用来卖的,她本人不是在美拉诺,就是在尼斯疗养度假,我根本不知道她什么时候会回家。但是我可以先帮您问一下。'

"'那真是太感谢您了。'我回答道,并且一边尽可能地摆出一副冷漠淡然的神情,一边自顾自地踱步。

"要知道,只用少许破铜烂铁的价格就能买到稀世之宝,这对于收藏家们来说,可谓是荣誉卓著之举。

"我认识一位家财万贯的财主,他痴迷于收藏古籍。对他来说,花费数千克朗买到某本价值斐然的古籍的机会多如牛毛,但是倘若他成功地从收废品的人那儿买到约瑟夫·克拉索斯拉夫·赫梅伦斯基[①]的第一版诗集,并且只需要花费两克朗,这足以令他兴奋得手舞足蹈。就像赶追羚羊的比赛,看看谁能低价购买藏品于我们这些收藏家来说,就好

---

① 约瑟夫·克拉索斯拉夫·赫梅伦斯基(Josef Krasoslav Chmelenský):1800年8月7日—1839年1月2日,捷克诗人、文学家、剧作家和音乐评论家。——译者注

比体育竞技一般。

"我已经暗下决心,一定要以低廉的价格买下这块地毯,然后捐赠给博物馆,因为只有博物馆才应当是这块地毯的归宿。地毯下方将会用纸条标注'维塔谢克医生捐赠'。每个人都有自己的雄心壮志,都有对名誉的渴望,难道不是吗?不得不承认,这想法令我头脑发热。

"随后几天可让我有得受了。我尽力克制自己,才没有立刻在第二天就跑去看那块如意珠宝和小鸟的地毯。我完全没有办法思考其他任何事情。每天都要告诫自己:再忍一天!再忍一天!就像是在故意和自己斗气。当然,有的时候人们也会享受这样的折磨感,自得其乐。

"就这样忍耐了大概十四天,然后我突然想到,那块小鸟地毯可能会被别人发现,于是我连忙搭飞机去塞韦林诺瓦太太家。刚一站到门口,我便迫不

及待地发问:'有答复了吗?'

"'什么事呀?'塞韦林诺瓦太太惊讶地反问道。

"我渐渐让自己冷静下来,回答说:'我恰好路过这条街,突然想起您的白色地毯,就顺便来问问,您朋友的那块地毯卖吗?'

"塞韦林诺瓦太太摇摇头:'我朋友现在还在比亚里茨,没人知道她什么时候会回来。'

"我探头看看那块地毯是否还在原处。可想而知,阿米娜躺在毯子上,正等着我去抚摸她的后背。阿米娜愈发臃肿肥胖,比之前掉毛掉得严重多了。

"几天后我有趟不得已的公干去伦敦出差,顺道拜访了基斯先生——这位道格拉斯·基斯称得上是当今东方地毯界最权威的专家。

"我询问道:'先生,请问一块绣着如意珠宝和

小鸟图案，比五米乘六米大一点儿的白色安纳托利亚地毯值多少线？'

"道格拉斯先生透过眼镜定定地看着我，几乎屏住呼吸，道：'无价！'

"'无价，怎么会这样？'这着实出乎意料，'为什么是无价呢？'

"'因为您说的地毯，这世间根本没有。'道格拉斯先生冲我大叫，'维塔谢克先生，您要知道，据我所知，这世上最大的如意珠宝和小鸟地毯，大小还不足三码乘五码①。'

"我兴奋得两颊通红。

"我说：'先生，如果确实存在这样大小的一块小鸟地毯，它能值多少钱？'

"基斯开始大呼小叫：'我都已经跟您说了，无

---

① 1码≈0.914米。——译者注

价!那将会是世间绝无仅有之物,怎能给这样独一无二的珍宝定价?如果真的存在这样世间无二的珍宝,它值一千英镑或是一万英镑,我又如何能论断?更何况,根本不可能存在这样的地毯!再见,先生!'

"基斯先生所说的结果正如我所料,于是我带着心满意足的答案回家了。

"哦,圣母马利亚,我无论如何一定要得到这块如意珠宝和小鸟的地毯!一定要把它捐给博物馆!但是现在,尽管我已经心急如焚,但我绝不能表露自己的意图,引人注目可不是收藏家应有的表现。

"塞韦林诺瓦太太毫无兴趣把这块阿米娜在上面打滚的破毯子卖掉;还有那位该死的太太,地毯怎么会属于这样一个人,从美拉诺跑去奥斯坦德,又从巴登跑去维希——这位太太十有八九身上到处都是毛病，不然干吗不是在这个温泉疗养，就是跑去了别的温泉，马不停蹄地呢？

"而后每隔十四天，我都会前往塞韦林诺瓦太太家，去瞧一瞧那块小鸟地毯是否还铺在角落里，顺便摸一摸讨厌的阿米娜，直到她开始发出心满意足的哼唧声。为了不引人注目，每次去的时候我都会顺便买一块其他的地毯。现在我家里有产自设拉子、希尔凡、摩苏尔、卡布列斯坦的地毯，以及很多其他地区产的地毯，垒起来足足有一公尺厚。其中还有一块古典的杰尔宾特地毯，这可绝不常见；以及一块古老的蓝色大呼罗珊地毯。

"这两年我尽自己一切努力，表现得像个收藏家。然而，我却始终忍受着爱的折磨，忍受着对如意珠宝和小鸟地毯的挚爱！收藏家们从不抵触这样的折磨，他们绝不会为此选择轻生，相反，他们往往还都长命百岁，由此可见，收藏是一种尤为健康的热情。

"有一天塞韦林诺瓦太太突然对我说:'扎内利沃瓦太太,也就是那块如意珠宝和小鸟地毯的主人,回家了。我告诉她说,有位买家想要购买她的那件白色滞销货,况且她把那地毯放在我这里都已经开始发霉了。但是她说,这是她家的传家宝,并不打算卖人,只要留在我这里就行。'

"于是我赶忙去拜访扎内利沃瓦太太。我本以为她会是位高雅的贵妇,可谁知她却是个长相丑陋的老太太,长着紫色的大鼻头,戴着假发,脸部肌肉不自然地抽动,歪向左脸的嘴被长长地拉到耳根。

"'亲爱的太太,'我一边对她说,一边不由自主地盯着她的嘴在脸上上下舞动,'我想要购买您的白色地毯,尽管它已经是一块破破烂烂的毯子了,但是我想,我可以直接把它扔在……就扔在玄

关处吧。您觉得呢?'

"在等待扎内利沃瓦太太答复的时候,我感到她的嘴巴止不住地在左脸上抽搐。也不知道这种肌肉抽动会不会传染,还是因为她太激动了才会这样。但是我完全遏制不住自己去看她的脸的冲动。

"'您怎么敢这么干!'扎内利沃瓦太太冲我厉声呵斥,发出女性尖厉刺耳的叫喊,'赶紧滚!快!快!'

"她咆哮:'这可是我祖父留下来的传家宝!再不滚我就要报警了!我不卖地毯,我可是来自扎内利家族!上帝,让这个人赶紧滚蛋!'

"我像个小屁孩一样,从扎内利沃瓦太太家门前的台阶上抱头鼠窜。我鼻头一酸,感到气愤又遗憾,可是我又还能怎样做呢?

"此后一年,我还是照常去拜访塞韦林诺瓦太太。在这一年里,阿米娜学会了像猪一样哼哼叫,她变得愈发臃肿肥胖,身上的毛都掉光了。

"一年之后,扎内利沃瓦太太又一次回家。这次我只得听天由命,我做了一件收藏家们至死都会觉得羞愧难当的事。我拜托我的朋友——宾巴尔律师——替我去见扎内利沃瓦太太。宾巴尔律师是一位温文尔雅的先生,长着一脸大胡子,深得女士的信任。我让宾巴尔律师去和那位值得尊敬的太太好好谈一谈,看看她是否能以合理的价格把地毯卖给我。宾巴尔律师和扎内利沃瓦太太见面的时候,我就等在楼下,内心惴惴不安。

"三个小时后,宾巴尔律师跟跟跄跄地从屋里出来。他伸手擦去额头上的汗。

"'你个王八蛋,'他声音沙哑地冲我吼叫,'我要掐死你!我干吗要答应跟你来,在这儿听三个小时扎内利家族的家族史?我告诉你,你要是想得到那块地毯,你去问问躺在奥尔沙尼公墓里的十七

位扎内利家族先祖,问问他们同不同意把他们的传家宝送去博物馆!圣母马利亚,瞧瞧你让我干的好事儿!'

"我呆若木鸡。

"但是当一个男孩内心认定要做一件事的时候,他就绝不会轻言放弃。而要是收藏家笃定一件事,那他有可能去谋杀,这对收藏家来说可谓是英雄壮举。

"我下定决心,直接去把如意珠宝和小鸟地毯偷出来!

"首先,我四下环顾,看看周围形势。塞韦林诺瓦太太的商店在一围四合院里,等到晚上九点钟的时候,通到院子里的小路就会落锁。我不想费力开锁,因为我可没有万能钥匙。

"小路通往一个地下酒窖,在四合院落锁之前,我可以先在那里藏身。院子里还有一间小棚子,爬到棚子顶,就可以翻进紧邻的院子。那家相邻的院子是一间小酒馆,无论何时,我都可以大摇大摆地从酒馆离开。这些筹谋轻而易举,而现在唯一的困难是,怎样才能打开塞韦林诺瓦太太家的窗户。为此我专门买了玻璃店的金刚钻,并在自己家的窗户上练习如何钻开一小块玻璃。

"听着,你可不要认为偷东西是件容易的事。行窃要比做前列腺手术或者开肠破肚取肾难多了。首先,你需要确保没有目击者;其次,还要经历漫长煎熬的等待以及其他令人不舒服的感受;再者,偷盗过程中还有诸多其他不确定因素,比如说,你不能确保自己会不会撞到什么东西。要我说,偷东西是件劳苦功低的手艺。

"倘若我在自己家里发现了小偷,我一定会抓住他的胳膊,轻声对他说:'我也不想打断您,您看,您是否可以去偷别人家呢?'

"对于怎样当一名小偷,我一无所知。我个人的偷盗经历也是糟糕透顶。警察的报告上可能会这样写:那天夜里我神不知鬼不觉地藏在通往地下室的楼梯下面。然而事实却是:那天晚上,我冒雨在大门口徘徊了半个小时,这样的无厘头使我引人注目。最终我心灰意冷,痛下决心,走上了通往院子的小路,做决定的过程就像人们决定去拔牙一样艰难。我心神不宁,撞到了正去隔壁酒馆打啤酒的服务员。为了安抚她,我低声嘟囔着对她说,撞到她的是只小野猫之类的东西。服务员吓了一跳,赶忙跑走了。

"趁此机会,我藏到了通往地下室的楼梯下面,那些邋遢鬼在楼梯下面堆满了东西,满是烟灰的烟灰缸还有一些废弃的破烂儿。我藏进来的时候,发出了巨大的丁里咣啷的掉落声。

"打啤酒回来的服务员尖叫着朝看门人大喊大

叫，说有一个陌生人钻进了屋子。显然看门人并不想被打扰，他回答说那可能是个迷路的酒鬼。

"一刻钟之后，看门人打着哈欠，咳嗽了两声，锁上了院子大门。

"一切陷入寂静。夜色中只回荡着服务员刺耳又孤独的抽噎声——寂静中，那抽噎声显得尤为响亮。

"我开始感到瑟瑟发抖，周围充斥着酸腐的恶臭；我把手向四周伸探，摸到的东西表面都是黏滑的。天哪，优秀杰出的泌尿疾病专家维塔谢克医生一定在那里留下了指纹。

"我感觉似乎已经等到了午夜十二点，但实际上不过刚刚十点钟。我本来计划十二点开始潜入，但十一点刚到我就已经按捺不住了。我在黑暗中匍匐前行，发出巨大嘈杂的响声，这声音在晚上似乎大得出乎意料，好在整栋房子都沉浸在安逸的熟睡中。

"最终我爬到窗边,开始切玻璃。切割发出骇人的嘎吱嘎吱声。这时屋内传来一声闷声吠叫。圣母马利亚,阿米娜在那里!

"'阿米娜,'我冲她低声细语,'小坏蛋,安静点儿。我等下进来摸摸你的后背。'

"要知道,要想摸黑把金刚钻严丝合缝地对准玻璃上我提前刻好的划痕简直是天方夜谭。于是我只能手持金刚钻在玻璃上来来回回划动,最后我用力一压,玻璃碎了,发出砰的一声。'人们听到声音肯定会聚过来。'我自言自语。我四下张望,看看可以躲在哪里,然而无处可藏。

"稍顿,第二块玻璃被我悄无声息地卸下来,简直一反常态。我伸手打开窗户。阿米娜此时在屋里半张着嘴,像往常那样,吠叫几声,装模作样显得自己在认真看家护院。钻进窗户,我立刻扑向那只丑狗。

"'阿米娜,'我热情地对她窃窃私语,'你的后背在哪儿呢?看看,我是你的朋友呀!小坏蛋,你喜欢被抚摸,对吧?'

"阿米娜开心地扭动身体。我用友好的语气对她说:'好了,现在去一边吧!'

"我试图把珍贵的小鸟地毯从阿米娜身子底下抽出来。阿米娜显然是想告诉我,那可是属于她的财产,于是她开始咆哮,声音不再是吠叫,转而变为怒吼。

"'圣母马利亚,阿米娜,'我开始温柔劝说,'小畜生你安静点儿!等会儿,我给你一个更舒服的狗窝!'

"我从墙上扯下来一块丑陋的闪闪发光的吉尔曼地毯,塞韦林诺瓦太太把这块毯子看作是自己商店里最贵重的毯子。

"我轻声说:'阿米娜,你可以在这块地毯上睡觉!'

"阿米娜费解地看着我。我伸出手,可还没等我碰到她的小鸟地毯,她又开始狂吠不止。我心想,这么大的声音,恐怕在科贝林都能听得到。我只得又把她抱在怀里,挠她的后背,让她重新舒服得神魂颠倒。可是,只要我一伸手去碰那块白色的如意珠宝和小鸟地毯,阿米娜就开始发出嘶哑的喘息声,似是骂骂咧咧地开始吠叫。

"'上帝啊,你这个小畜生,'我灰心丧气地说,'我必须要杀了你!'

"我后来的行为,连我自己都无法理解。我嚼穿龈血地看着这只丑恶、肥胖又卑鄙的狗,心中回想起自己的经历,但是我却没法对这个讨厌的家伙下手。我有一把锋利的匕首,还有皮带,我既可以刺死她,又可以勒死她,可是我又于心不忍。

"我坐在那块小鸟地毯上,坐在阿米娜旁边,用手抚摸她的耳朵。

"'我是个懦夫,'我低声自语,'只需要一两步,一切就都了结了。我给那么多人做过手术,我见过无数恐惧痛苦的离世。为什么我却无法对一条狗下手?'

"我咬紧牙关,试图鼓起勇气,但却完全做不到。我羞愧地开始抽泣。阿米娜却在我身边一边哼哼唧唧地叫,一边舔我的脸颊。

"'你是个卑鄙龌龊的混蛋。'我冲阿米娜喊道,边用手拍打她光秃秃的脊梁,边爬出窗户,回到了院子里。一切以失败和退缩告终!

"我试图跳上棚子,从棚顶翻到隔壁院子里,然后从酒馆离开。也许是我累得一丁点儿力气都没有了,也许是棚子比我估计的要高一些。简而言之,我的计划没有奏效。我再次爬回地下室的楼梯，感觉自己已经累得半死，之后我在那儿一直待到天亮。我真是个笨蛋，我完全没想到，当时真应该躺在地毯上睡一觉。

"清晨，我听见管理员打开了大门，等了一小会儿，我起身径直向门外走去。管理员正站在收发室门前，当他看到一名陌生男子走出来，脸上满是惊诧，甚至忘了应该闹出点儿声响。

"几天后，我去拜访塞韦林诺瓦太太。

"商店的窗户重新装上了防盗网。卑鄙的小狗正在小鸟地毯上打滚。她一看到我，就热情地摇摆那条臃肿肥胖的'大香肠'，也就是狗尾巴。

"塞韦林诺瓦太太激动难耐地对我说：'先生，这是我们的"小黄金"阿米娜，我们的珍宝，我们最昂贵的小狗。您知道吗，前几天有个小偷从窗户偷偷爬进来，正是我们的阿米娜，把小偷赶跑了。'

"塞韦林诺瓦太太骄傲地宣称：'这世上无论什

么都比不上我的阿米娜。但是先生，我们阿米娜很喜欢您，阿米娜喜欢忠厚老实的人，对吧，阿米娜？'

"故事到这里就结束了。那块独一无二的小鸟地毯至今还放在原处。我依旧认为，那是世界上最珍贵的地毯之一。可惜直到现在丑陋卑鄙的阿米娜还在上面心满意足地哼哼直叫。我觉得，自己轻而易举就可以用肥肉把阿米娜闷死，或许我可以再试一次。不过我首先得学会如何锯开防盗网。"

被盗的仙人掌

"我来给你们讲一讲，"库巴特说，"今年夏天发生在我身上的故事。

"夏天的时候我在别墅休假，虽说那是别墅，但是这里没有泳池、没有森林，也没有鱼塘，可以说是什么都没有。但是这里却有声势浩大的人民政党，成员积极活跃的地区宣传协会，这里有珍珠制造工业，有邮局，还有一位年龄挺大的长着大鼻子的女邮政局局长。简而言之，这里的一切似乎又与别处如出一辙。这里干净卫生又有益身心，却也没有什么能够打破此处的烦闷。

"十四天前，我开始沉醉于这种感受。慢慢地我开始察觉到,这里有一些喜欢说三道四的长舌妇,她们公开散播关于我的八卦。我发现每次我收到的信件包裹恰好都被密封得非常完美,包裹背面还粘满了反光的阿拉伯胶水。

"我自言自语道:'哈,看来有人打开过我的包裹,这该死的邮政局局长!'

"要知道,这里的邮递员会拆开每一个包裹。

"我一边自言自语,一边坐在桌前,用最清秀的字体写道:

邮政局局长,你是一个丑八怪、大鼻子妓女、扫把星、好八卦的长舌妇,你是个毒蛇,粗笨的锉刀,老巫婆,等等。扬·库巴特敬上。

"要我说,捷克语在骂人方面真可谓是门词汇丰富、表达准确的语言。我每呼吸一次,都可以在纸上倾泻下三四十个如上的词汇。每个为人处事果断直接且体面正直的男士都可以用以上这些词来对付那些死皮赖脸的女人。随后我心满意足地封好信封,在封面上写下我自己的住址,之后坐车去了离这里最近的邮筒。

"信寄出后的第二天,我跑去邮局,笑容满面地把头探进窗口。

"'局长您好,'我打了个招呼,'这儿有我的信吗?'

"'去你的,孬种!'局长火冒三丈,她用我有史以来见过的最犀利的目光瞪着我。

"我同情地回应她:'您是读到了什么让您气恼的东西吗?'

"然后我觉得,三十六计,我还是走为上策。"

"你的这个故事可真不算什么。"霍尔本植物园的首席园艺师霍兰评论道，"像这样的诡计，轻而易举就可以被人识破。我得跟你讲讲我是如何设计捕获仙人掌大盗的。

"众所周知，老霍尔本先生本人是个超级仙人掌迷。不瞒你说，他收藏的仙人掌，即使不把那些独一无二的珍稀品种计算在内，价值也高达三十万克朗。霍尔本先生开放植物园，公开展示自己的藏品，但同时这也令他愁闷不堪。

"他对我说，收藏仙人掌是一种高尚的癖好，也是他赖以为生的手段。

"每当有年轻的仙人掌爱好者前来参观老霍尔本先生的这些藏品，有时我们会闲聊几句，议论说那盆黄色的金琥应该价值一千两百克朗。年轻人会因为自己没有这盆仙人掌而感到心痛，当然心痛也是徒劳。老先生想要这样，我也没办法。

"但是自打去年开始，我注意到植物园开始丢失仙人掌。被偷的不是那些我们寻常可见或是有人说过他想要拥有的品种，丢失的都是些独一无二的名贵品种。第一次丢的是亚利桑那桶式仙人掌，第二次是梨果仙人掌，之后是一株从哥斯达黎加进口的红尾令箭，随后是弗里奇送我们的一个新品种的仙人掌。再后来植物园又丢了一株花座球仙人掌。这棵仙人掌很特别，因为欧洲近五十年以来从没有人见过这个品种。最后还有一株来自圣多明各的巨人柱也被偷了，这可是被引进到欧洲的第一株巨人柱。这个小偷肯定也是仙人掌方面的专家！

"你可不知道，霍尔本先生对此勃然大怒。

"我对他说：'霍尔本先生，解决方法很简单，您只需要关闭这些温室展厅，就不会再有小偷了。'

"'绝不可以！'老先生大喊，'这可是造福所有人的高尚爱好。你必须给我逮住这个恶棍；把之前的那些警卫都开除了，雇新的警卫，还要提醒警

方和那群没用的废物仙人掌被偷的事。'

"这可真是件棘手的任务,我们这里一共有三万六千株仙人掌,我不可能给每株仙人掌都安排一个警卫。所以我迫不得已雇了两名退休的警务巡视员,让他们巡逻的时候多留个心眼。

"而我们丢失了的那株巨人柱,就是在更换警卫后被偷的。原本栽种巨人柱的沙土里就余下了一个小坑。这着实令我愤怒不已,于是我开始亲自在暗中窥伺那个仙人掌大盗。

"我先给你普及一下,那些真正的仙人掌爱好者,他们就像是教派里的德尔维希[①]。在我看来,以他们对仙人掌的痴迷程度,他们肯定不长胡子,而是长的仙人掌的刺。

"我们这里有两个类似教派的仙人掌组织:仙

---

① 德尔维希:伊斯兰教的一种修士,他们的生活方式类似苦行僧。——译者注

人掌爱好会和仙人掌爱好者联盟。两者有什么区别,我也说不清楚。

"可能一方信仰仙人掌的灵魂永生,而另一方愿意为仙人掌流血牺牲。简而言之,这两个教派相互憎恶,他们用火用剑,在地上在空中相互迫害。

"我分别去拜访了两个教派的首领。我私下暗戳戳地询问两个首领,问他是否觉得另一个教派的某个人会窃取霍尔本先生的仙人掌。

"我告诉他们我们植物园里价值连城的仙人掌被人偷了,但首领却信誓旦旦地保证,声称敌对教派中任何一个人都不可能去偷仙人掌,因为敌对教派的成员都是群失败者,是蹩脚的笨蛋,全是些外行。他们完全不了解仙人掌,根本分不清哪个是亚利桑那桶式仙人掌,哪个是梨果仙人掌,更别提巨人柱了。

"至于自己教派的成员,首领起誓说他们忠厚老实又品德高尚，除了偷仙人掌之外，他们绝不会去偷别的东西。但是倘若谁拥有了一株亚利桑那桶式仙人掌，不管是出于对组织的谦恭，还是想有个机会让大家一起狂欢作乐，他都一定会展示给大家看的。但是首领并没有见到过我们植物园被盗的那些仙人掌。

"这两位可敬的首领还对我说，除了这两个公认的教派之外，还有一些独立的仙人掌爱好者。据说那些人品行极差。他们贪得无厌，完全无法容忍行为节制的教派组织，并且执迷不悟地醉心于走歧途、施暴行。据说那些人毫无底线，无所不为。

"既然在那两位教派首领处一无所获，于是我只能爬到植物园的槭树顶上，在那里独自思考。

"要我说，树冠的位置是最适合思考的地方。在那里人会有一种脱离尘世的感觉，身体随着树枝轻微摇晃，与此同时还能从一个更高的视角俯视一切。

"在我看来,哲学家们肯定像黄鹂鸟一样住在树上。在槭树顶上,经过一番深思熟虑,我有了这样一个计划。

"首先,我去探访了所有认识的园丁朋友们,我跟他们说:'朋友啊,请问你有没有生病的仙人掌?霍尔本老先生需要一些病株,用来做实验。'

"就这样我收集到了数百个病恹恹的仙人掌,趁着夜色把它们塞进霍尔本先生的收藏品里。就这样悄悄摸摸干了两天,第三天的时候,我在所有的报纸上都刊登了这样一则消息:

> 霍尔本享誉世界的仙人掌收藏危在旦夕!
> 我们得知霍尔本个人的温室中大片区域受到一种新的迄今未知的疾病侵袭。疾病很可能源自玻利维亚。仙人掌品种极易染病,病毒

可能已经潜伏了一段时间，而后仙人掌开始发病。疾病的表现形式为，最先由根部开始出现腐烂，进一步蔓延至茎部。这种病毒传染性极强，通过迄今还不能确定种类的微生物迅速扩散。霍尔本植物园从此关闭。

"大概过了十天——这十天里我必须小心翼翼地隐藏好自己，以防别的仙人掌爱好者东问西问地戳穿我的计划——我在报纸上刊登了一条新的消息：

成功拯救了霍尔本的藏品？
我们已经得知，基尤的麦肯齐已经确认了世界著名的霍尔本植物园遭受的病毒类型，这是一种独特的热带霉菌（野生巴拉圭根菌）。建议用哈佛-洛森酊剂喷洒患病植物样本。目前，此药物的实验已在霍尔本植物园取得了巨大成功。哈佛-洛森酊剂溶液可以在我们工厂购买。

"消息刊登之后，我留了一名密探待在工厂，然后自己舒舒服服地坐在电话前。两个小时后，密探打来电话：'霍兰先生，我们抓到小偷了。'

"十分钟后，我拎着那个年轻人的衣领，气得用力摇晃他的身体。

"那个年轻人抗议道：'干吗晃来晃去？我只是来买哈佛-洛森酊剂溶液。'

"'我知道，'我回答他，'压根就没有这样的药剂，也根本没有什么霉菌。而你偷走了我们霍尔本植物园的仙人掌，你是个恶贯满盈的混蛋！'

"'哦，谢天谢地。'年轻人脱口而出，'真的没有这样的病吗？十天了，每天我都过得胆战心惊。

我寝食难安,生怕霉菌感染了我的其他仙人掌!'

"我揪着衣领把年轻人塞进车里,带着他和那名密探一起前往年轻人的住所。他家收藏的仙人掌我闻所未闻、见所未见。

"他在捷克高地州的一间阁楼上拥有一个杂物间,房间大概三米乘四米大小,屋角的地上铺着一块毯子,上面放着小茶几,小椅子。除此之外,其他所有的地方全都是仙人掌。被偷走的那些仙人掌,完好无损地等着被取回。

"'如实招来,哪些仙人掌是你偷的?'密探责问道。而我则注视着这个混蛋,看着他瑟瑟发抖,低声啜泣。

"我对密探说:'这不值那么多钱,你回去交差吧,就说我花了五十克朗把人带走了,后续的事,我自己来处理。'

"密探离开后,我对那个年轻人说:'小伙子,

你先去把从我们植物园偷的仙人掌都包起来。'

"年轻人大吃一惊,一边哭泣着向我求饶,一边颤巍巍地问:'先生,可不可以拜托您大发慈悲?'

"'闭嘴,'我怒气冲冲地拒绝了他,'你先把偷我们的都还回来。'

"于是他开始把偷来的仙人掌一个接一个地挑出来放在一边。大约挑出来了八十个。这是我始料未及的,我们植物园竟然丢了这么多仙人掌。这个年轻人很可能已经连续多年作案。为了确保他把我们的仙人掌都挑出来了,我厉声斥责道:'这些就是所有的了吗!'

"那个年轻人眼泪夺眶而出。他又挑出一盆白色的莴苣状仙人掌和一个角状仙人掌。他把这两盆和其他那些被挑出来的仙人掌放在一起。

"年轻人面向我,呜咽道:'先生,我对天发

誓，这真的已经是所有的了。'

"我勃然大怒，问道：'现在你告诉我，你是怎么把这些仙人掌带出植物园的？'

"'是这样的，'他小声嘀咕，他的喉结因为情绪激动而上下跳动，'我……我穿着女装带出来的。'

"'穿什么？'我大喝。

"年轻人瞬间羞红了脸，困窘得不知所措，结结巴巴地说道：'女装。'

"我惊讶不已：'为什么是女装？'

"年轻人哽咽道：'因为这种老旧的女装丝毫不会引人注目。'

"紧接着他又得意扬扬地补充说：'可想而已，谁也不会怀疑女人会干这样的事！先生，女人们有各种各样的嗜好，但她们唯独从来都不会热衷于收藏。您肯定从没有听说过，哪位女士收藏邮票、昆虫或是旧书，以及类似的东西！从来没有！女人们没有这样通透的灵性和对收藏的激情。女人不是时时刻刻都保持着头脑清醒！您要知道，这就是我们男人和她们女人之间最大的区别。只有我们会热爱收藏。在我看来宇宙就是星空的收藏册。一定是某位男性的神，创造了世界这件收藏册，因为其中的藏品琳琅满目、数不胜数。我的上帝，如果我也有像这位神一样大的空间，我肯定会创造出更多的仙人掌。每当夜晚来临，我就会开始创造自己的仙人掌。那个长着黄色毛刺，有着和蓝花茄一样的花朵的仙人掌，我要将它命名为黄化翁柱睡莲拉切克仙人掌——我本人名叫拉切克，或者叫哥伦比亚突球拉切克仙人掌，又或者叫星球丛生拉切克仙人掌。先生，这一切都是如此神奇梦幻！如果您——'

"'等一下，'我打断他的话，'你究竟是怎么把这些仙人掌带出去的？'

"'放在胸部,'年轻人羞答答地说,'仙人掌的刺扎得我痛得厉害。'

"我已经没有耐心再听他讲他的那些仙人掌。

"我对他说:'我带你去见霍尔本老先生,他定会气得扯掉你的两只耳朵。'

"但是当这两个仙人掌迷见面勾搭在一起后,事情变得出乎我的意料!他们一整晚都待在温室里,巡视植物园里的三万六千株仙人掌。

"霍尔本老先生对我说:'霍兰,这是我有史以来遇到的第一个真正懂得赏识仙人掌的人。'

"数月后,霍尔本老先生泪流满面,他怀着感激的心情送这位拉切克前往墨西哥去寻访新品种的仙人掌。这两个虔诚的信徒,矢志不渝地坚信,在墨西哥的某处,生长着黄化翁柱睡莲拉切克仙人掌。

"一年之后,我听到了奇怪的传闻,据说拉切克在墨西哥殉难了。

"他去那里寻找印第安人的神圣仙人掌。他可能没有向天父鞠躬,也可能是直接偷走了仙人掌。

"简而言之,印第安人将拉切克安葬在阿米芹金琥丛旁边,那株金琥足足有大象那么大,锋利的刺有如俄罗斯刺刀。

"最终,我们这位同乡向仙人掌奉献了生命,奉献了灵魂。

"这便是仙人掌大盗的结局。"

老犯人的故事

"抓小偷可不算什么。"扬德拉先生说,"找到小偷后,找出来被偷的人才是特别的事儿。我跟你们说,我身上就发生过这样的事。我把它写成小说,公开出版。

"可是当我拿到出版后的小说,突然一种不祥的预感笼罩着我。

"我总感觉自己在哪里读到过和我的小说里写的相似的故事。'该死的,我到底是偷了谁的灵感呢?'

"随后的三天我都像是只任性的山羊,前思后想却怎么也想不起来,我从谁那里——该怎么说呢——'借鉴'了小说情节。

"后来我遇到了一位朋友,我对他说:'我的整本小说都让我觉得,自己好像是抄袭了谁的作品。'

"'我第一眼就看出来了,'朋友说,'你窃取了契诃夫的灵感。'

"我瞬间感到释然。

"后来我对一位文学评论家说:'先生,您定会觉得难以置信,有的时候人们抄袭了别人的作品,他自己都意识不到抄袭了谁的。比方说,我的上一篇小说就是抄袭的。'

"'我知道啊,'那位文学评论家说,'你抄袭了莫泊桑。'

"于是我开始回避我所有的好朋友们。要知道,当一个人开始走上偷盗的道路,他便不知道自己什么时候才能停下。

"想象一下,我又偷了一个个故事,偷了戈特弗里德·凯勒、狄更斯、邓南遮、《一千零一夜》、查尔斯·路易斯·菲利普、汉森、史笃姆、哈代、安德烈、班迪内、罗西格、雷蒙特，以及许许多多其他作家的作品。由此可见，一个人是如何在罪恶的行径中越陷越深。"

"你讲的真不算什么，"博贝克，一个老犯人，一边咳嗽一边讲了起来，"之前有一个杀人犯被抓了，人们却找不到他杀人的凶杀现场。您不要误会，这事儿可不是我干的。半年前我一个人被关在这间牢房里，之前这里坐的就是那个杀人犯。

"我不过是在巴勒莫的时候，在去那不勒斯的船上顺手拿了几件行李，那些行李不知怎的就自己跑到我手里来了。这个杀人犯的故事，是这里的监狱长讲给我听的。我教会他玩十字卡牌和上帝的祝福，这都是些哥特式的卡牌游戏。那位监狱长是一个无比虔诚的人。

"有一天晚上，警官们——在意大利，警官总是两个人一起巡街——发现和臭气熏天的港口相连的布泰拉大街上，有一个人正在全力奔逃。警官们抓住了那个人。上帝啊，那人手里拿着一柄鲜血淋淋的匕首。可想而知，警官们把他扭送到警察局。

"在警察局里，警察讯问他杀了谁。

"那个年轻人却突然哇哇大哭起来：'我杀人了，但是我不能告诉你们。我要是多说的话，还会有其他人遭遇不幸。'

"因此警察没能从他口中获得更多有用信息。

"警方立刻开始搜寻受害者遗体，但他们始终没有找到。警察命令检查所有近期登记死亡的人口。但是资料显示，近期所有亡故的基督徒，都是死于疟疾或是其他原因。

"于是警察们再一次去审讯那名年轻人。这次年轻人补充说，他名叫来自卡斯特罗乔瓦尼的马尔科·比亚焦,是一名细木工。他又补充说,他捅了一个基督徒,杀死了他。但是他却没有说出自己对谁犯下了这样的罪行,如果他说出杀了谁,将会使其他人遭遇不幸。

"'够了!除此之外他还希望受到上帝的惩罚,希望自己被判处绞刑。'狱长说,'那样残忍的凶杀案,前所未有。'

"如您所知,这些警官们从不相信犯人说的任何一个字,他们觉得马尔科没有杀人,只不过是在撒谎。

"于是警官把匕首送去大学做化验。化验结果表明,刀片上的血迹确实是人血,凶手一定刺穿了某个人的心脏。化验如何得出这样精确的结论,我便不得而知了。

"警察现在面临的状况是:他们抓到了凶手,但是没有找到凶案现场。您知道的,必须得有物证，凶杀案才能成立。

"在此期间，马尔科一直都只会祈祷、哭泣，请求法院因为自己犯下的杀人罪判给自己应有的惩罚。

"警察对马尔科说，如果你想要得到公正的审判，你就必须得承认，坦白自己杀死了谁。如果我们没有找到你行凶的目击证人，我们是不可能就这样判处你绞刑的。

"'我本人就是目击者，'马尔科大声咆哮，'我起誓，我杀了人！'

"事情就是这样。

"监狱长对我说，马尔科是一个和蔼善良的人，还从未有人见过如此和善的杀人犯。他不识字、不会阅读，但是他手里总是捧着一本《圣经》。他会翻开《圣经》，对着书本哭泣忏悔。于是警察们派出了一位神父，希望神父能够从心灵深处给马尔科坦白的勇气，让他承认自己在行凶时做了什么。

"神父前去见马尔科,他擦了擦眼睛,说道,如果马尔科能够配合警方的审讯,他一定会得到上帝的宽恕,得到他灵魂深处渴望的公义的审判。

"但是除了循循善诱地劝告和不住地流泪之外,牧师没能从马尔科那里得到任何信息。

"'够了!绞死我吧。'马尔科说,'我罪孽深重,这是我应得的惩罚。我必须受到公正的审判。'

"就这样,案件僵持超过了半年,始终没有人能够找到与案情相符的受害者。

"这起案件让警官们觉得自己愚蠢至极。

"于是警长说:'既然马尔科不惜任何代价都想要被处以绞刑,那他被逮捕三天后的那起案件,也就是那件发生在阿特内拉街区,一名老妇人被杀害的案子,就当成是他行凶的吧。抓到凶手却找不到案发现场,找不到受害人,这太丢人了,而我们现在恰好有一起合适的可以解释得通的凶杀案,却找不到凶手。把这两起案件合二为一，反正马尔科就想得到审判，对他来说到底杀死了谁应该无所谓。如果他承认自己杀死了那位老妇人，我们可以适当地给予他一些回报——我们可以承诺他在最短的时间内送他上绞刑架，让他得到安息。'

"马尔科犹豫了一会儿，然后宣布：不承认！他说，既然自己的灵魂已经因为杀人的罪孽而受到谴责，那他就绝不可以再犯下第二宗罪，说谎、欺骗、做伪证的罪。

"他就是这样一个秉持着公平正义的人。

"案件难以推进。

"在这起凶杀案中，人们开始考虑，怎样才能摆脱这个该死的马尔科。

"一个狱卒说：'不如我们想办法，让他越狱。我们不能把他送上法庭，那样干太丢人了；我们也不能释放他给他自由，因为他承认自己杀了人。既

然这也不行那也不行，干脆让他不引人注目地、偷偷地越狱。'

"自此以后派去给马尔科送胡椒、分发针线的狱警，都不再配备护卫人员。马尔科单人牢房的大门，不管白天还是黑夜，都是大敞开的。马尔科每天都跑去各个教堂，拜访各位圣徒，而到了晚上他又气喘吁吁地跑回来，累得直吐舌头，只是为了确保自己在八点监狱关门时，恰到好处地赶回监狱。

"有一次狱警故意提前锁上了大门，马尔科在门外大吵大闹，用力捶门，让狱警无论如何必须把门打开，好让他回到自己的单人牢房。

"一天晚上，狱长一本正经恨恨地对马尔科说：'你个混蛋，今天是你在这里的最后一夜了。如果你还不愿意坦白你杀死了谁，我们就要把你这个王八蛋扔出监狱。你见鬼去吧，让魔鬼来折磨你。'

"那一夜，马尔科吊死在了他的小牢房的窗

户上。

"'您听好了,'那位神父说,'要是有人因为深受良心的谴责而犯下自杀的罪行,那么他可以通过这种深重的罪行得到救赎,因为他是在遗憾和悔恨中死去的。'

"但是,很可能那位神父并没有搞清楚状况,或是这个问题尚存争议。

"简而言之,我相信,马尔科依旧在这间牢房里阴魂不散。

"不管是谁被关进这间牢房,他都会良心苏醒。他会开始为自己的罪行感到懊悔,他会忏悔直至彻底悔过。当然,每个人完成悔过的时间长短是不一样的:那些违法的人,一晚上就足够了;犯了过失的人,通常需要两三天;犯罪的人,一般被关在这里三周后会幡然悔悟。花费时间最长的是那些撬保险柜的贼、挪用公款的人,以及那些犯罪涉案金额超高的人。我跟您说,巨款会使人变得冷酷无情,金钱会蒙蔽人的良知。让犯人悔过最有效的日子无疑是每年马尔科去世的周年纪念日。

"人们会在巴勒莫的那间小囚室里进行所谓的'矫正'活动。囚室里传来一阵阵人们为自己的行为忏悔的声音。要知道,那些忏悔的人,有的人希望借此机会让警察徇情;而这群无赖的警察恰好又需要他们。

"可想而知,并不是所有人都是真心悔悟了的。我觉得,有时这些混蛋可能也会贿赂警察,好让警察不派他们去参加神奇的'矫正'活动。这间囚室的奇迹力量已不再真实。

"巴勒莫的狱警给我讲述了马尔科的故事,而我的狱友向我证实了这个故事。

"据说之前这里有一个美国水手,因为打架斗殴的事被抓了进来。这个名叫布里格斯的水手出狱后径直前往台湾，成了一名传教士。后来我听说，他在台湾殉道了。

"毫无疑问，没有任何一个狱警愿意哪怕伸一根手指头到马尔科的牢房里去，因为他们害怕爱与善会让他们也开始为自己的行为忏悔。

"那个狱长，就是我之前跟你说的那个我教他玩卡牌游戏的狱长，如果玩牌的时候他输了，他就会大发雷霆！要是摸到一手臭牌，他也会火冒三丈地把我关进那间马尔科的牢房。

"'佩尔·巴科，'我大喊，'可是我教会你打牌的！'

"在那间牢房里，我放松心情，然后熟睡过去。

"第二天一早，那个狱长来叫醒我，他说：'怎么样，你悔过了吗？'

"我不明所以。'尊敬的长官，'我对他说，'我睡得像猪一样。'

"他把我关回去,冲我大喊大叫。

"我跟他讲:'我在那间牢房里被关了三周,然而什么都没有发生,我没有感到任何想要悔恨的冲动。'

"对此,那个狱警摇摇头,说:'你们捷克人要么毫无信仰,要么就是异教徒。这间牢房对你们毫无教化作用!'

"然后狱警就一直冲我大骂。

"如您所知,自此之后马尔科的牢房就完全没有了之前的奇效。那些关在里面的人,毫无悔意,一丁点儿都没有变好,完全没有悔恨,完全没有。简而言之,那间牢房失效了。狱警们吵吵闹闹地把我带去见长官,说我毁坏了马尔科的牢房。

"我只好耸耸肩,我又能做什么呢?据说他们要把我在那间昏暗的牢房里再关三天,作为我破坏了马尔科的牢房的惩罚。"

纪录

"法官大人，"宪兵海达向县法官图切克报告，他说，"这里发生了一起严重的人身伤害。嗯，糟糕极了！"

"怎么，你慢点说。"法官先生回答说。

宪兵海达把枪放在墙角，将头盔扔在地上，卸下皮带，解开外套。

"唉。"他叹口气，"去他的混蛋！法官先生，我从来都没有遇到过这样的情况。您看这里。"

话音刚落，海达抬起一个一开始放在门口的东西，那东西看起来沉甸甸的，用蓝布包裹着。他解开系着的绳结，拿出一块和人头一样大小的石头。

"您快来看看。"海达心急如焚。

"这是什么呢?"法官一边问,一边用铅笔戳了戳那块石头,"这是块岩石①,对吧?"

"是的,相当大的一块岩石。"海达强调说,"我来向您陈述一下案情,法官先生。嫌疑人利西茨基·瓦茨拉夫,制砖厂工人,19岁,家住制砖厂,您是否了解?他用这块重5.949公斤的石头猛击抑或是敲打了被害人普迪尔·弗朗齐歇克的左肩。普迪尔·弗朗齐歇克是一名地主,家住下乌耶兹德14号。您是否了解?被害人左肩骨折、锁骨骨折。同时肩部肌肉还有开放性外伤,伴有筋腱断裂以及肌肉损伤,您了解了吗?"

"了解。"法官答道,"但是这起案子有什么稀奇的?"

---

① 原文指捷克的一种坚硬致密的硅质沉积岩。——译者注

"法官先生，稀奇得足以令您大吃一惊。"海达信誓旦旦地说，"我来向您陈述一下这起案子的经过。三天前，我接手处理这个普迪尔的案子。法官先生，您知道这个人吗？"

"知道。"法官回答说，"一次是因为放高利贷，还有一次是……"

"是因为赌博。普迪尔在河边拥有一片樱桃园，萨扎瓦河在他的樱桃园这里绕了个弯，因此此处的河道要比别处宽一些。那天一大清早我就接手处理普迪尔的案子，说是发生了起恶性事件。我见到他时他正躺在床上，一边唉声叹气，一边骂骂咧咧。

"据说前一天晚上他去巡视樱桃园，在树上逮到了一个男孩，男孩口袋里塞满了樱桃。您知道的，普迪尔就是个莽汉。他解下皮带，把男孩的腿捆在树上，用皮带抽打他。

"就在这时，河对岸有个人冲普迪尔大喊：'普

迪尔,放开那个男孩!'

"普迪尔看不清对面的那个人,可能是他当晚喝醉了。他只能看到有人站在河对岸,直勾勾地看着他。

"他记得自己冲对岸喊道:'混蛋,别多管闲事。'

"然后更加用力地抽打男孩。

"河对岸那人又开始大喊:'普迪尔!放了他!'

"普迪尔心想,我不放你又能把我怎样。

"于是普迪尔冲对岸那人喊道:'你个混蛋,别让我碰到你!'

"话音刚落,普迪尔就已经倒在地上,伴随着左肩剧烈的疼痛。

"河对岸的那个人回应道:'狗日的地主,给你点颜色瞧瞧!'

"普迪尔当时只能被人抬走,他自己根本爬不起来，而他旁边就是那块大石头。

"普迪尔被连夜送去医生家，医生让普迪尔去医院治疗，因为他所有的骨头都被打碎了。据说他的左肩臂已经残废。但是普迪尔现在只惦记着樱桃园的樱桃该采摘了，所以他不想待在医院。早上他跑来找我，让我必须逮捕那个卑鄙无耻的歹徒，那个对他行凶的恶人。

"案件经过就是这样。

"我要跟您讲的是，他们给我看那块石头的时候，我看得很仔细，那是一块含有黄铁矿的岩石，实际重量要比目测更重。您可以掂一掂它的分量。我拿在手上，估计了一下，起码得有 6 公斤——实际重量只比我的估计轻了 0.051 公斤。先生，只有会投掷的人，才能扔得了这样的岩石。

"随后我去实地勘察了普迪尔在河边的果园。草坪被压坏的地方，正是普迪尔被砸倒的位置。那里离河还有两米远的距离。还有河,先生,那条河打眼看起来足足有 14 米宽,因为河在那里转了个弯。法官先生,我当场就震惊得又跳又叫。

"我的手下立刻拿来了一条 18 米长的绳子!

"我先把一颗栓子钉在普迪尔倒下的地方,绳子的一头系在栓子上。我脱掉衣服,嘴里咬着绳子的另一头,游向对岸。法官先生,那条绳子还差一点儿才能拉到对岸。然后我又去测量了堤坝的距离,堤坝上刚好有条小路。我反反复复测量了三遍:从栓子到小路的距离,正好是 19.27 米,分毫不差。"

"天啊,海达。"法官说,"这大概是天方夜谭。凶手不可能扔 19 米那么远。会不会那个人是站在水里扔的,比方说站在河中央?"

"我一开始也这么想过。"海达回答说,"法官先生,因为这里是河道转弯处,所以两岸之间河水水深超过了两米，另外在堤坝那边还有很多和这块岩石一样的石块。因为路面积水问题，另一侧河岸正在进行整修。凶手肯定是从堤坝上搬来一块岩石，我猜测他只可能是从小路上把石块扔过来的。因为如果从河里扔的话，河水水深过深；如果堤坝上扔的话，脚下可能会打滑。这意味着，他扔出了足足 19.27 米远的距离。您知道这意味着什么？"

"他可能用了弹弓。"法官犹疑不决地说。

海达用责备的眼神看了法官一眼。

"法官先生，您肯定从来都没有打过弹弓，对吧？您可以试一下用弹弓弹射 5.949 公斤重的石头。这完全不可能，除非您用的是投石器。先生，我辛辛苦苦试着用这块石头扔了两天，我尝试了各种各样的方法。我试过用绳子编一个绳套，把石头放在里面，旋转起来，甩过去，就像投掷链球那样。我跟您说，每次石块都会从绳套里滑脱，无一例外。

先生，他只可能是用手扔过去的。您要知道，"海达兴奋不已，脱口而出，"您知道这意味着什么！这可创下了世界纪录！"

"您冷静一点儿。"法官大吃一惊。

"世界纪录！"宪兵海达眉飞色舞地又重复了一遍，"尽管掷铅球比赛的铅球重7公斤，和这块石头比起来更重一些。今年投掷铅球的世界纪录正正好好是16米。19岁年龄段的纪录是15.5米。今年一个美国人，名字叫什么来着，库克还是赫希菲尔德，投了大约16米远。如果是用6公斤的铅球，那么大约能投掷18米到19米的距离。

"而我们现在有个人可以多抛出0.27米！法官先生，如果是正规铅球比赛，这个人可以不经过专业训练就扔出16.25米的好成绩！我的上帝啊，16.25米！法官先生，我曾经是名投掷运动员。

"在西伯利亚的时候，孩子们总冲我喊叫：'海

达,往这儿扔——尽管那时我扔的是手榴弹.'

"在海参崴的时候,我和美国海军比赛投掷。铅球比赛的球我扔出了 14 米。而美军副官比我远了 4 米。在西伯利亚输给美国人了。

"但是这块石头,我只能扔 15.5 米,再远点儿我也做不到了。那个人扔了 19 米!

"我的天啊,这么说来,我一定要找到他。他能为我们创造世界纪录。试想一下,打破美国人的纪录!"

"那普迪尔怎么办?"法官提出异议。

"去他的普迪尔。"海达兴奋不已,"法官先生,我要开始寻找这个不知名的作案人,这个世界纪录的创造者。这可是为了我们民族的利益,不是吗?首先我要确保免除他的罪行。"

"好吧。"法官不满地反驳道。

"如果他真的能把 6 公斤重的石块扔过萨扎瓦

河，我就免除他的罪行。我已经和附近的村长解释过这件事了，我对他们说，这将是足以写入世界纪录的荣耀之举，而那个男孩将会得到数千克朗的奖励。

"自打那时起，法官先生，周边村镇的所有年轻人都开始放下手头的收割工作，站在河堤上扔石头，就是为了能够扔到河对岸去。河堤差不多都快被他们拆毁了。现在男孩们开始打碎界碑，拆毁石墙，就是为了得到用来投掷的石块。男孩子们，全都是些坏家伙。他们在村里到处扔石头，砸死了很多羊。

"我站在河堤上向下凝望。那时我才明白，哪怕是扔到河中央那么远的距离，都根本没有人能做到。我觉得，人们向河里扔了太多石块，已经导致河床淤塞大半。

"昨天晚饭的时候，我的手下带一个年轻人来见我,据说就是他用那块石头击伤了普迪尔。他看起来就是个狡猾诡诈的男孩,等会儿您会见到他,他现在就在外面等着。

"我对他说:'听着,利西茨基!是你向普迪尔扔的石头?'

"他回答说:'是的。普迪尔骂我,于是我心头的怒火一下子就蹿了上来。当时手边恰好又没有别的石头,我就用那块石头砸了他。'

"'小鬼,现在给你另外一块一模一样的石头,你把它扔到普迪尔那边的河岸。要是你扔不过去,就把你关进牢里做苦工!'

"利西茨基拿起那块石头,他的手就像铁铲一样有力,他站在河堤上,瞄准。我看着他的姿势,没有一点儿技术含量,也没有独特风格,他甚至没有用腿蹬地带动躯干。

"这次他只扔出了14米远。您要知道,这已经足够远了,但是……我向他展示投掷标准动作应该怎么做。

"'你个蠢货,你必须用这样的姿势进行投掷,右肩向后,开始投掷的同时肩膀向前发力。明白了吗?'

"利西茨基再次准备投掷,腰弯得就像扬·内波穆茨基①。

"然而这次只扔出 10 米。

"我开始怒火中烧,咆哮道:'混蛋,你能击中普迪尔?你是个撒谎的骗子!'

"他却说:'长官先生,正如上帝所知,确实是我击中了普迪尔。要不然让普迪尔再站在河对岸,我再来砸他,砸这个恶棍。'

"法官先生,于是我去找普迪尔,然后跟他说:

---

① 扬·内波穆茨基是捷克共和国的一位圣人。——译者注

'普迪尔，麻烦您考虑一下，这事关世界纪录，麻烦您站在河对岸破口大骂，让烧砖工再砸您一次。'

"法官先生，说来您也不信，这次普迪尔说什么都不答应了。您瞧瞧这样的人，一点儿觉悟都没有。

"然后我又回去找利西茨基，那个烧砖工。

"我冲他咆哮道：'你这个骗子，你说你击中了普迪尔，全都是谎话。我去问了普迪尔，他说是其他人干的。'

"利西茨基却说：'他才在说谎，确实是我干的。'

"我对他说：'那你倒是扔那么远给我瞧瞧。'

"利西茨基挠挠头，笑着说：'长官先生，您对我用激将法，不过是徒劳。我根本不会投掷。上次能够砸中普迪尔纯属巧合。'

"我态度温和地对利西茨基说：'如果你能扔那

么远，我就放了你，扔不到的话，等着你的将是严厉的惩罚，因为你把普迪尔打残疾了。像你这样的混蛋，至少要判半年。一直要被关到冬天。'

"我对利西茨基说：'我现在要依法逮捕你。'

"利西茨基现在就在楼道里候着。

"法官先生。现在您了解了整件事情的始末，您觉得石头是他扔的，还是他不过也是个贪名逐利的骗子？我觉得他现在因为被捕有些胆战心惊；一会儿您让他吃点苦头，少说也判一个月，就说因为他欺瞒政府官员或者因为诈骗。体育竞技容不得谎言，欺骗一定会受到相应的惩罚。先生，我这就去把他给您带进来。"

"你就是利西茨基·瓦茨拉夫。"法官神情严肃地看着这个浅色头发的被告人，"你已经承认，你故意向普迪尔·弗朗齐歇克投掷石块，导致他受重伤。这是真的吗？"

"法官先生。"肇事者开口说,"事情是这样的,普迪尔正在抽打一个小男孩,我在河的另一边制止他,他却对我破口大骂——"

"石头是你扔的吗?是还是不是?"法官打断他。

"是我扔的。"肇事者怯生生地低语,"但是他骂我,我就抓起了那块石头……"

"该死的。"法官厉声训斥,"你为什么说谎!你难道不知道,因为欺骗官员,你会受重罚。我们心知肚明,石头不是你扔的!"

"是我扔的。"年轻的烧砖工结结巴巴地说,"普迪尔冲我喊,别让我碰见你……"

法官疑惑不解地看向宪兵海达,海达不知所措地耸耸肩。

"把你的衣服脱了。"法官斥责临近崩溃的肇事者,"全都脱了,立刻马上!"

现在年轻人赤身裸体地站着,就像刚被上帝创造出来那样光着身子。很可能是因为即将面临拷打,他浑身瑟瑟发抖。

"海达,你瞧瞧他。"法官图切克说,"瞧这肱二头肌,你怎么看?"

"嗯,还说得过去。"海达像专家一样评头论足,"但是腹肌练得不够。法官先生,投掷铅球需要腹肌迅速转动躯干。我给您看看我的腹肌!"

"天啊。"法官大喊,"原来这是胸肌,你看这块凸起的肌肉。我的天啊,好健壮的胸肌。"

法官一边说,一边用手指戳了戳利西茨基胸部的茸毛。

"但是腿部肌肉太孱弱了。这些乡下人,腿都不是很好。"

"他们的腿都打不了弯儿。"海达批评道,"这哪里称得上是腿。法官先生,投掷运动员的腿也要练得很好。"

"转过去!"法官大声斥骂年轻的烧砖工,"背部怎么样?"

"肩部还不错。"海达评论道,"但是往下,就什么都没有了。这个人躯干一点儿力量都没有。我认为,石块不可能是他扔的。"

"把衣服穿上。"法官斥责烧砖工,"你给我听好了,最后再问你一次:石块是你扔的吗?"

"是我扔的。"利西茨基·瓦茨拉夫倔强地嘟囔。

"你真是个倔驴!"法官大声呵斥,"如果是你扔的石块,你会受到严重的惩罚,因为你对他人造成了人身伤害,你还要去州法院接受审判,你会被判好几个月,你明白吗!别这样趾高气扬了,你就承认吧,石块的事情是你杜撰的。我会因为你欺骗政府官员,判你三天监禁,然后你就可以走了。所以,砸中普迪尔的石块,是不是你扔的?"

"是我扔的。"利西茨基·瓦茨拉夫固执己见地说,"他在河那边骂我——"

"把他带走!"法官咆哮道,"该死的骗子!"

过了没一会儿,又一个人把头探进宪兵海达的办公室。

"长官,还得再给他加上一条罪名,破坏公共财产。您知道的,他拿河堤的石块,导致现在河堤都快要被拆毁了。"

曾经会飞的男人

汤姆西克先生沿着维诺堡医院前的小路散步，这是他固定的健康运动路线。汤姆西克热衷于保持健康的生活方式，并且他是一名彻头彻尾的狂热的联赛忠实粉丝。

汤姆西克迈着轻快的步伐漫步在春日的黄昏，一路上碰到形形色色的人，除了出双入对的情侣之外，还有其他住在斯特拉什尼采地区的人。汤姆西克觉得应该给自己买个测步器，这样他就能知道自己每天一共走了多少步。

汤姆西克突然间记起来，自己已经连续三个晚上做了一个相同的梦：他正在路上走着，前面遇到了一位推着婴儿车的女士。他只需要左腿轻轻蹬一下地面,突然间自己就飘了起来,足足升高了三米。他从推婴儿车的女士上空飞过,随后轻盈地落回地面。当然这样的事发生在梦里不足为奇,汤姆西克甚至觉得梦中的一切都理所当然且令人欣喜若狂。

唯一让他稍觉诧异的是,迄今为止还没有其他人有过这样的经历。飞行竟是如此简单:只需要动动脚,像蹬自行车那样,就可以飞得更高了。汤姆西克先是飞到了两层楼的高度,然后轻轻落回地面。他只需要再蹬一下地面,动作像荡秋千那样,就可以轻而易举地重新升空。飞行途中,他甚至不需要重新蹬地,只需动动腿,就可以一直往前飞。

梦里,汤姆西克开怀大笑,除他以外没有人获得过这项技能。只需要把脚从地上移开,就可以飞了。相比于走路,飞行对他来说易如反掌,而且不用刻意去学就可以飞得很好。梦里他下定决心，等明天睡醒，一定要试试飞行。

睡醒后，汤姆西克还记得，自己已经连续三个晚上做了一个相同的梦，一个令人心旷神怡的美梦，梦中人都是轻飘飘的。好吧，不费吹灰之力，只需要轻蹬一下地面就可以飞行，这也太棒了。汤姆西克环顾四周，并没有人跟踪他。于是他小跑两步，左脚蹬地跃起，像是试图跨越泥泞的水坑。就在这一瞬间，汤姆西克飞了起来，他飞了差不多有三米高，在地面上空划出了一道平滑的弧线。汤姆西克自然而然就"会飞"了，一点儿都不别扭。他兴奋极了，就像小时候去坐旋转木马，激动得差点儿叫出声来，汤姆西克感觉自己内心欢喜得像个没长大的小男孩。

汤姆西克已经飞了三十米远，眼看快要落回地面了。就在此时，他瞧见前面有一片泥坑，于是他像梦里那样动动腿脚,果然他立刻飞得更高了一些。

离他十五米远处,有个人正在郁郁寡欢地向斯特拉什尼采方向走去。汤姆西克轻巧地落回地面,还好没有撞到前面那人的后背。

那人满腹狐疑地回头看看;显而易见,他不喜欢有人偷偷摸摸地出现在自己身后,并且他连一丁点儿脚步声都没有听到。汤姆西克尽可能蹑手蹑脚地超过那个男人,生怕自己哪一步走得太用力,一不小心又飞起来。

"我必须不断练习才行。"汤姆西克独自走在回家路上,自言自语。但是一路上他总能碰到一对对情侣,还有铁路工人。直到转过弯,他才找到一处空无一人的场地,那里堆满了人们丢弃的废家具。虽然天色已晚,但汤姆西克还是决定继续练习,因为他担心等到明天自己可能就会忘记如何飞行。

这次他的动作有些犹豫不决，只飞了差不多一米，就降落下来，触地的时候还发生了轻微碰撞。他又开始第二次练习，这次他手脚并用，就像是在游泳；这次汤姆西克完美地飞了八十米远，甚至途中还完成了一次弧线飞行，然后他像蜻蜓般轻巧地降落。

他本来还想再练习第三次，但是突然一束锥形光柱照向他。

一个人粗声粗气地问："干什么呢？"

原来是巡警。

汤姆西克吓了一跳，结结巴巴地说自己正在训练。

"瞧好了，上别处练去，别在这儿练。"警察埋怨。

尽管汤姆西克不理解自己为什么可以去别处练，却不可以在这里练，但他是个忠实诚恳的老实人，和警察道了晚安之后，便赶忙离开。汤姆西克胆战心惊，生怕自己不知怎的又飞起来，那样警察肯定会起疑心的。

一直走到国家医疗卫生院，汤姆西克才再一次起跳升空。他轻巧地飞过卫生院的铁丝围墙，手脚并用，一直飞到卫生院花园另一侧的皇冠大街，降落在一个端着一大罐啤酒的服务员面前。服务员惊叫一声，撒腿就跑。汤姆西克估算了一下，这次自己飞了差不多两百米。作为一个"飞行"新手，这可以说是个很不错的成绩。

随后几天，汤姆西克勤奋地练习飞行。当然，他专在夜深人静的时候挑那些空无一人的地方进行练习，他特别喜欢在奥尔沙尼后面的那片犹太墓区附近练习。汤姆西克尝试了各种各样的飞行方式，比如助跑起飞或是垂直升空。飞行对他来说轻松自如，只需要挥挥手臂就能飞到百米高空。但是倘若要飞得更高一些，汤姆西克也不敢轻易尝试。

紧接着，汤姆西克还掌握了各式各样的降落方式，他可以轻盈地飘落，也可以减速后垂直降落。不同的降落方式取决于手臂的配合动作。汤姆西克还学会了掌控飞行速度、空中转向、逆风飞行、负重飞行、根据需要调整飞行高度等，诸如此类飞行技巧。这些技巧对他来说真是易如反掌。汤姆西克越发觉得诧异，难道迄今为止还没有别人学会过飞吗？大概是在他之前还没有人尝试过蹬一下地面就可以飞起来。有一次汤姆西克在空中飞了整整十七分钟，但是后来他撞上了一团电话线。他和电话线缠在一起，不得不降落。

还有一个夜里，汤姆西克尝试在俄罗斯大街练习飞行，他才刚刚飞到大约四米的高度，突然瞧见自己下方有两名警察。他赶忙转弯，飞越别墅花园。与此同时，夜空中响起警哨尖厉刺耳的声音。

汤姆西克跑回事发地，他看到一共来了六名警察，警察们拿着手电筒，正在花园里仔细搜查。据说警察们看到有小偷翻过了花园篱笆。这一刻，汤姆西克才第一次意识到，飞行带给他前所未有的可能性，他本可以借此去做许多事情，但现在一件有价值的事情他都还没有做到。

一天晚上，汤姆西克路过洛布科维采的伊日广场时，广场旁边的四楼敞开的一扇窗户吸引了他的注意力。汤姆西克轻轻蹬一下地面，飞了起来。他坐在窗口，不知道自己接下来该干些什么。他听到屋内鼻息如雷，于是偷偷溜了进去，但他并没有打算盗窃。突然间一种轻微的抑郁烦闷感涌上心头，就是那种我们去陌生人家中会出现的不适感。

汤姆西克长叹一口气，悄悄潜回窗边。他心想，自己走后总得留下点儿什么，好证明自己独一无二的"运动技能"。汤姆西克从口袋最深处翻出来一张小纸片，用铅笔在上面写道："到此一游！复仇者X。"他把纸条放在熟睡的房主家的写字台上，蹑手蹑脚地从四楼飞下来。

汤姆西克回家后才发现，自己留在写字台上的纸片是写有他家地址的信封，但是他没有胆量再去把纸条取回来。后来好几天，他都胆战心惊，生怕警察找上门来。但出乎意料的是，什么都没有发生。

一段时间之后，汤姆西克再也忍受不了将"会飞"这件事埋藏在心底当作自己的秘密，只供个人娱乐；但是他也不知道应该怎样将自己的发现公之于众。

飞行向来都很简单，脚蹬一下地，胳膊帮忙挥动几下就足够了，他就可以像鸟儿一样飞翔。由此可能会诞生新的体育比赛项目；又或者，如果我们可以在空中行走，就可以缓解道路交通压力；此外人们还不需要再建造电梯了。将飞行本领公之于众意义重大。虽然汤姆西克还没有清楚地意识到其中的深刻意义，但飞行的意义已经悄然产生。每一个重大发现，起初看起来都不过像是一种毫无意义的游戏。

汤姆西克的邻居，是一个胖乎乎的年轻人，名叫沃伊塔，他好像在新闻报社工作。是的，他是一名体育专栏编辑。有一天汤姆西克前去拜访沃伊塔。

汤姆西克支支吾吾半天，突然脱口而出，他说自己可以给沃伊塔展示一个有趣的事。

汤姆西克把自己的本领描绘成一个惊天大秘密，于是沃伊塔觉得这定是"天赋异禀"或诸如此类的神秘力量。

话不多说，晚上九点沃伊塔跟随汤姆西克来到了犹太墓区。

"您瞧好了,编辑先生。"汤姆西克一边说,一边脚蹬了一下地面,飞升到大约五米的高度。他在空中展示了各种动作后落回地面,然后汤姆西克再次挥动着胳膊起飞,最后一动不动地在空中悬浮了足足八秒。沃伊塔面色凝重,他开始思考汤姆西克是怎么做到的。

汤姆西克耐心地展示:只需要脚蹬一下地就可以了。不,这里没有什么神魂附体;不,这也不是什么超能力使然;不是意念的力量;也不是靠肌肉发力;仅仅向上跳一下,就飞起来了。

"编辑先生,您亲自来尝试一下。"汤姆西克恳求再三。但是沃伊塔还是摇头拒绝了。沃伊塔沉思片刻,他认为,这定是一种独一无二的技能,而在此之前汤姆西克还没有展示给任何其他人,自己是这一奇迹的唯一见证人。

第二次汤姆西克拿着五公斤重的哑铃在沃伊塔面前起飞。虽然这次飞行完成得不够完美，只飞到了三米高度，但沃伊塔还是表示他很满意。

第三次飞行展示结束后，沃伊塔说："您听着，汤姆西克先生，我并没有想要恐吓您，但这是很严肃的一件事。这样凭自己的能力飞行很可能意义重大。比方说，这样的本领可以用来保卫祖国，您明白吗？这必须得经过专家的法眼。您明白吗，汤姆西克先生？您得在专家面前展示。这件事我来安排。"

于是有一天，汤姆西克终于有机会在专家面前展示自己的飞行技能。他身穿紧身运动短裤，站在国家体育局的四个男人面前。穿紧身裤可太尴尬了。可能是因为汤姆西克本来就很紧张，再者那天天气有点儿冷，汤姆西克不住地瑟瑟发抖。但是沃伊塔不许他换别的裤子。沃伊塔说，如果不穿紧身运动短裤，就看不清楚他的飞行动作了。

四个男人中的一个人，也就是那个体格强健的秃顶男人，那人是体育大学的教授，他看起来完全不认同飞行这件事。用脚指头想都知道，从科学的角度来看，"会飞"简直是天方夜谭。他不耐烦地看了一眼手表，嘟嘟囔囔地抱怨。

"好了，汤姆西克先生，"沃伊塔的声音因为激动而颤抖，"您先向我们展示一下助跑起飞。"

汤姆西克胆战心惊地小跑两步。

"等一下。"专家突然拦住他，"您的起步姿势完全不对。您必须要把身体重心移到左脚上，明白吗？再来一次！"

汤姆西克回到起点，这次他试着将身体重心移到了左脚上。

"还有手臂，先生。"专家对汤姆西克指指点点,"您难道不知道起跑的时候手臂应该是什么姿势?您要像这样收紧手臂,这样才能释放胸腔内的力量。前一次起跑时您一直在憋气。不能这样!您必须自然流畅地深呼吸。再来一次!"

汤姆西克感到手足无措。他确实不知道胳膊怎么摆动,他应该怎样呼吸。汤姆西克犹疑地迈开步,一边思考身体重心应该摆在哪里。

"现在开始吧!"沃伊塔大喊。

汤姆西克不知所措地晃动身子开始起跑。他正准备蹬地升空,专家突然说:"不对!再等一下!"

汤姆西克试图急刹车,但已经来不及了。他用左脚轻轻蹬了一下地面,飞起来一米高。为了满足专家的要求,汤姆西克停止飞行落回地面。

"完全不对!"专家大叫,"起跑的时候要蹲下,踮起脚尖,呈半蹲姿势,感觉腿部富有弹性!起飞的时候双臂要向前挥,明白吗?您的双臂在起飞时提供向前的惯性，先生，您太想当然了。"

专家说："您稍等，我来给您做个示范，教您怎样正确起跳。您看清楚我是怎么做的。"

专家脱掉外套，站在起跑线上。

"先生，注意好了！重心落在左脚上，腿微曲，俯身向前，手肘向后延伸，挺开胸膛。您模仿我的姿势！"

于是汤姆西克比画着专家的样子摆好姿势，他从没有感觉到身体扭曲得如此别扭。

"专业动作您还得多加练习，"专家说，"现在您看好了！左腿迅速向前上方甩……"

专家向前甩腿迈步，跑动六步，蹬地起跳，双臂画出一条完美的弧线；落地时优雅地下蹲缓冲，双臂向前平举。

"应该这么做，"专家往上提了提裤子，"您完全按照我的姿势做。"

汤姆西克满脸疑惑不解，不满地看向沃伊塔。必须要这么做吗？

"好吧，再来一次。"沃伊塔说道。汤姆西克按规定动作俯身。"就是现在！"

汤姆西克起跑时的姿势，连两个脚的方向都搞混了，他是左脚先向前迈的，也许这没有太大影响；只是他在助跑中思前想后，该要如何下蹲，如何向前甩臂。汤姆西克差点儿就忘了要起跳，于是他匆忙蹬地……他脑中突然想起，原来自己只做了下蹲的动作。汤姆西克只跳了半米高，1.5 米远就落地了。落地时他赶忙摆好姿势，双腿弯曲缓冲，双臂向前平举。

"但是，汤姆西克先生，"沃伊塔大叫，"您并没有飞呀！抱歉再来一次吧！"

汤姆西克再次起跑。这次只跳了 1.4 米远，他落地时双腿弯曲缓冲，双臂向前平举。汤姆西克已经汗流浃背,他感到心脏跳到了嗓子眼儿里。

"天啊,可饶了我吧!"他内心绝望地挣扎。

这一天,汤姆西克又跳了两次。最后他们不得不放弃了。

自此以后,汤姆西克先生再也不会飞了。

法律案件

当时，我正以八十迈的速度转向弯道。本来我以为此时路上应该空无一人，但显而易见这个想法太蠢了。我只是稍微松了一点儿油门，然后开心地冲向拐弯处。突然间我看到一支送葬队伍正在过马路。此时，他们正巧转过弯，走向墓园的大门。我猛踩一脚刹车，天啊，车打滑了！我就只记得，有四个年轻人抬着棺材，他们原本好好地在路上走着，现在已经在排水沟里了。我的车后侧撞到了路上的棺材。啪的一声，棺材飞过乡道，掉进了田里。

我从车里爬出来，喃喃自语："上帝啊，我要是撞到了神父和这群悲伤的死者家属，可真就摊上大事儿了！"

幸好大家都平安无事，乡道的一边站着手拿十字架的祭司，另一边是神父和死者家属。他们呆站在原地，看起来就像是群蜡像。

神父最先回过神来。他惊魂未定，瑟瑟发抖，嘴里愤愤地嘟囔着："天啊，天啊，您竟然对逝者毫无敬意！"

当时我正在暗自窃喜，庆幸自己没有撞死任何一个人！

随后人们都缓过神来，其中一些人开始责骂我，另一些人则跑去破损的棺材那儿看看死者怎么样。在我看来，这就是一种本能反应。

但是突然间，棺材边的人开始四处逃窜，他们大惊失色地尖声叫喊。从那堆木板条里爬出来一个大活人！那老人用手摸索着想要坐起来。"怎么了，怎么了?"他一边说,一边不断努力尝试着想要坐好。

我一个箭步,眨眼间就冲到了老人身边。

"老先生,"我说道,"要知道,您险些就被活埋了!"

我帮他从那堆木板条里脱身出来。他只是不停眨着眼睛,结结巴巴地说:"怎么了?怎么了?这是怎么了?"但是他站不起来。我想可能是他的脚踝骨折了或者是哪里被撞伤了。

接下来的事,我来跟你们详细讲讲。我把老人和神父扶上车,载他们去殡仪馆;悲伤的死者家属和手拿十字架的祭司紧跟着也来了。葬礼上的乐队,可想而知,并没有演奏,因为他们不知道,这种情况该怎么计算报酬。

"我会赔棺材的钱,"我说,"还有医疗费。但是换句话说,你们还得感谢我,正是因为我,你们才没有把老先生给活埋了。"

然后我就开车走了。说实话,我也自认把这件事都处理妥当了,并没有发生什么糟糕的状况。

但是,这仅仅是个开头。

一开始是那个村子的村长给我写了一封礼貌的来信:那位假死的老人叫安东宁·巴托什,是退休的铁路工人。他的家庭贫困潦倒。老人想用自己攒的最后一点格罗申①办一场庄严的葬礼;但是现在,由于我驾车不够谨慎,将死者撞醒了,所以老人还需要再次下葬。但是据说因为贫穷,他已负担不起。在此,他们希望我能够赔偿那次被打断的葬礼,包括神父、丧葬乐队、掘墓人和丧宴的费用。

然后是老人署名的律师函。

安东宁·巴托什,退休的铁路工人,要求赔偿

---

① 格罗申:奥地利辅币,相当于百分之一先令。——译者注

被破坏的殓衣,以及数百块钱用以赔偿治疗骨折的脚踝,五千块钱用以赔偿因我的过错而使他遭受外伤的疼痛。

这让我觉得情况有点儿变糟了。

紧跟着,是最新的来信。

据说老人原本定期领取铁路工人退休金。当他"去世"后,人们停发了他的退休金。现在那些官员们并不想重新支付这笔费用,因为县医院已经给老人开具了死亡证明。信上还说老人要起诉我,好让我向他支付"终生抚恤金",赔偿他损失的退休金。

另外还有一份催债单。

自打我救活老人以来,他就一直有点儿小毛病,他必须要吃壮骨的餐食。归根结底是我导致他残疾了。据说死而复生的他已经不再是他了,并且他什么都干不了。据说他只会说:"我应该已经死了,可现在我还要死第二次!我绝不能饶恕他,他必须赔我钱,否则我就向最高法院起诉。他冒犯了我这个可怜人!他应该受到和杀人一样的惩罚。"诸如此类。

最糟糕的是,当时我还没有给我的车上保险,而保险是强制必须要交的。我真不知道该怎么办了。你们觉得呢,我必须要付钱吗?

感冒

在某个清晨，那人醒来的时候，感觉有些别扭，头微痛，就连背部也在隐隐作痛。他用手挠了挠后颈，感到鼻腔深处痒得难受，但似乎又没有什么大问题。唯独，这一整天他都感到自己有些易怒，不论看到什么都想要骂几句，即使毫无必要，而且他也不明白自己为什么要这样做。

晚餐过后，不知为何，他感到身上仿佛压着数吨的重荷，每个关节都酸软无力，每寸肌肉都有种敏感的撕裂感。

他疯狂地一连打了十二个喷嚏，泪眼模糊，感觉自己就要被这诸多不适击垮了。他在额头上敷了一块湿手帕，不久手帕的四角都变干了。他穿着毡鞋，弯腰驼背地坐在火炉旁，鼻子发出呼哧呼哧的喘息声。他抽搭一下鼻子，发出几声呻吟，喝口茶，不光打喷嚏还流鼻涕。他弓着身子在房间里来回踱步，像是试图躲开所有人。他有点儿发烧。头不光昏昏沉沉，还伴有头痛，四肢仿佛被折断了一般。他用一个丝巾把鼻子缠裹起来。情况着实有些糟糕。

所有来探访他，探访这个可怜人的人们，拜托你们都踮着脚尖轻声离开吧。你们的喧哗，你们的心满意足对他来说是种折磨。他需要独自一人，需要消失，需要干燥的手帕。他想要把自己的头卸下来，挂在烟囱上晾晾干；他想要拆解身体的每一个关节，把每一块骨头单独摆放好；他想要……他想要……倘若他知道自己想要的是什么就好了！倘若有什么值得被渴望就好了！

倘若宇宙中有某处温暖又令人舒适的地方，可以让他自己稍微缓解一下头痛或者短暂遗忘此时的不适就好了！或许可以睡觉？是的，但前提是睡梦中不要做那些混乱不堪、令人厌恶的噩梦！或许可以玩纸牌游戏？是的，要是自己还能应付的话！或许可以读书？是的，但是读什么呢？孱弱不堪的可怜人挺直身子，踉踉跄跄地走回自己的书房。

书房的书架上可以看到上千个色彩斑斓的书脊，我想要挑选一本，可以给我带来短暂的欢愉。不，我今天不想读这些书，这些厚重的说教读本，着实令人难以忍受。可能是因为今天大脑迟钝而且感到晕头转向，我想要读一本不会让我因自己的迟钝和愚笨而懊恼的书，一本容易点儿的、有趣点儿的、短小点儿的……哎，我将目光投向了那些搞笑类的书。

不行，对于那些庸俗低级的恶趣味，今天我可忍无可忍，因为那些幽默仿佛都是在嘲弄遭受不幸的人们。而今天，我自己正在遭受命运带来的不幸，这些幽默类书我一眼都看不进去，因为它们仿佛也在嘲弄我这个可怜人。

至于那些英雄史诗，它们带领我在远古时代畅游，带我回到史诗的时代，那时还没有感冒，那时杰出英勇的战士可以一瞬间就射杀卑鄙的对手，英雄射杀敌人只需一瞬间，甚至我都来不及擤鼻涕。但是我伸向英雄史诗的手垂了下来。今天我无法笃信那些宏大英勇的行动，人类孱弱又渺小，几乎受尽折磨，因而爱好和平……不，今天请让我远离这些英勇无畏和崇高信仰，远离澎湃的激情和至高无上的荣耀。请让我在平和以及令人陶醉的美人的亲吻中感受内心的宁静。鼻子上缠裹着丝巾的人会怎样看待这些事？所有这里的一切，都不是我需要的。

我试图让自己沉溺于侦探小说,沉溺于紧张刺激的流血案件,我屏息以待一个惊心动魄的脚步引发的可怕的秘密。不,侦探小说也还是不行,今天我可忍受不了任何犯罪行为、地下交易或是恶人。请让我看到生活和蔼可亲的一面,请让我看到人们平凡又真实的生活。

请怜悯我这个可怜人,不要让我看心理学的书籍!我没有耐心再去处理任何感情和动机的话题。心理学总是百般折磨人心。我今日已经受够了疾病的折磨!为何还要在阅读中再受摧残!

我心中已然明了。今天我想要暂时忘记生活本身。这本书太过悲伤,会令人感到失望。那本书过于残忍苛刻,鼓吹人们要自我折磨以获得解脱。那本言辞过于草率轻浮,不看!这本太过高深。黄色的那本写尽人生辛酸苦涩,容易受到刺激。每本书都有一两点使人触痛的地方。为什么书里写尽了人心险恶和命运多舛？

那人在书柜前犹豫不决，寒冷和遗憾令他不住颤抖。哪里可以找到一本……一本简单纯粹的好书……可以让那些可怜人寻得些许欢愉？一本不再使人受伤的书，不再抨击人类的渺小和屈辱而戳痛人心的书。

他伸手从书柜角落拿下一本书，一本他大概已经读过十二遍的书。每当他身体或是思想感到消沉时，他都会读这本书。他蜷缩着躺在沙发椅上，拿来一块干手帕，在开始阅读前，如释重负地叹了口气。

我不知道那是本什么书，或许是熟悉的查尔斯·狄更斯。

我们的恶

有这样的说法，每个人每天都会做出九件有违公道的事。显而易见，即使是面对十诫，那些持身公正的人，在他们的一天当中，也会因为犯错，至少违背十诫中的一项。

谈及我时，当然我并不是一个杀人犯。我所说的罪过，是每个人都会犯的过失。我们希望，当最后的审判来临时，我们每天都会犯的有违公道的九宗罪，或许会被考虑在内。

比方说，我们每个人其实都有些不可救药的邪恶想法。路上有个人在你前面缓慢地走着，他像是正在思考自己的人生规划。你不认识他，你也从未接近过他，当然你与他之间也完全没有任何恩怨。突然间，那人失去平衡，他要么是踩到了什么东西，要么是不知怎的脚底打滑。他挥动手臂，要我说，在这种大事不妙的情况下，想要保全自己的颜面绝无可能。他只得在众目睽睽之下，从自己摔倒的地方，匆忙逃离。

而你们，你们这些恶人，却嘲笑他。哪怕你们正要去看牙医或是警察正在找你们麻烦，都阻止不了你们挤眉弄眼，难掩内心的狂喜；身边的人遭受窘境，能让你们开心好一阵子。

很可能，下次你们身边的那个人碰巧就是我。我脚底打滑的次数数不胜数，千真万确，但我从没觉得这引人发笑；但是别人脚底打滑摔倒，却让我觉得如此滑稽可笑。

如果我们去赶电车，车却扬长而去，我们一定会认为这整件事非常过分。但是如果我们就在电车上，眼见着别人赶不上车了，我们却会当这是一个无与伦比的玩笑。

为什么我们会在别人不小心打碎了盘子时觉得好笑？那又不是我们自己的盘子！为什么古语中也有这样的笑话，古老的笑话嘲笑猎人打不到野兔或者小男孩栽进荨麻丛里？这是生活中一种隐秘的乐事，这种恶魔般的幸灾乐祸，可谓是人生的盐。而生活呢，可以说，总需要有咸淡适量的盐来调和。

试着想一想，你也曾心生妒忌。

正在赶回家吃午饭的途中，你看到一个烧砖工匠在熏制厚面包和肥猪肉。猪肉飘散出浓郁的肉香，惹得你心头一紧，好生羡慕。哪怕家里餐桌上等着你的是夹心甜面包甚至烤鹅，它们的诱惑都比不上街坊的熏猪肉。这是因为熏猪肉撒上了一味香料，那便是你欲壑难填的嫉妒。

哪怕你正在吃着田鹨，就着烤板栗，你还是会因为学徒享用的"山珍海味"嫉妒不止,而那学徒不过是在街角狼吞虎咽地啃一根红得发黑的长香肠。

如果你坐拥万贯财富,千万不要用钱去买别人享用的所有东西,因为嫉妒之心永远难以满足。你会怀揣嫉妒产生的罪恶感,直至终日来临,至死方休。

自诩公正的人啊,其实你的内心充盈着恶意。当你步行的时候,你会憎恶那些开车的人,他们驾车扬长而去,留给你扑面而来的灰尘和尾气。而倘若你是那个开车的人,你会憎恶路边步行的人,因为他们让你开车时不得不留神,以免撞到哪个笨手笨脚的冒失鬼。别人开车时,你对车里的人怒气冲冲;别人步行时,你对走路的人愤愤不满。不论如何,对于那些与你同路异举的他人,你总会心中暗生愤懑。

当你听某人讲起某时某地发生了大规模盗窃案或是惊天大丑闻时，你的眼睛会突然放光，你会感到好奇又热忱。似乎发生在这世上的惊天盗窃与恶行，引得你过分兴高采烈。而如果有人对你窃窃私语，讲起某时某地出现了震撼人心的善举或是某种高尚的行为，你一定难以保持心态平和。在这种情况下，你很可能保留自己的意见，内心笃定地认为，这些善行的背后，一定另有隐情。

显而易见，我们内心评判的天平早已倾斜向恶意而非善举。想让别人心甘情愿地承认一个人的优点和美德，前提条件是至少他们站在同一个阵营；而倘若某人要将某人视作盗贼或是恶人，就容易很多，他们之间甚至不需要有什么私人恩怨或根本矛盾。这不过就是人的本性使然。

机器的统治

首先我要坦白，我觉得自己对"人类是否会因使用机器而丧失创造力，从而让机器最终统治人类"这一问题负有一定的责任。

这一问题困扰着我，不是因为我发明了某种机器，也不是因为我提出了这个问题，而是因为我突然间灵光一现，发明了"机器人"这一想法。

这种情况使得某些人想当然地认为我会拔出钢笔，以笔为剑对抗那些侵略好斗的、嘶鸣着的、自相残杀的机器，从而捍卫人类的权利。这个描述或许不太准确。

事实上，我本人也在使用一些机器，比如说除草机。迄今为止,我从不曾担忧有一天除草机会想要变成我的主人;相反,我强烈又自豪地认为,我才是割草机的主人,甚至我统治着这片草坪。我认为,那些开车的人、敲打计算器的人或是操纵发电机的人,肯定会和我有一样的感觉。

每一个工人都很清楚,他的主人不是机器,而是付给他工资的工厂主。人们或多或少会有这样的错觉,以为锅炉旁的锅炉工是在为机器服务,然而事实却是,锅炉工服务于他的雇主。在绝大多数情况下我们可以将"人类与机器"更准确地描述为"工人与机器"。

如此说来,我们不应该提出"人类是否会因使用机器而丧失创造力,从而让机器最终统治人类"这样的问题。众所周知,使人类丧失创造力的,完全是其他原因,比如薪酬较低、生活水平低下、受教育程度较低等。

如果我们将"人类与机器"这一问题改为"工人与机器",我们更应该提出的问题是"机器会在何种程度上影响工人的社会地位",而不是"机器会在何种程度上影响工人的创造力"。

即使在这种情况下,倘若机器本身有思想,它们也一定会拒绝为这样的影响负责。它们可能会说:"去和我们的主人谈论这些问题吧。"

请允许我换一个角度来讨论这个问题:是否因为我们对机器、对机械文明的不吝赞美,迫使我们不得不注意到人类创造力的现实?

我们每个人都相信人类的进步,但我们却更倾向于认为人类的进步表现为燃油机、电能以及其他科技成就的出现。我们自以为我们生活在启蒙了的时代,因为电带来的光照亮了我们。然而实际上,我们却处在一个前后矛盾、组织混乱的史前时代,就比方说现在有的地方还存在着贫困这样的问题。

出现在我们眼前的是制造精巧、闪闪发光的机器，从这些完美的机器身上我们自以为看到了人类的大获全胜。可能直到在这完美无缺的机器旁边出现第一个衣衫褴褛的乞丐，我们才能意识到人类的失败。

和这些运转良好的钢铁或是黄铜制成的机器相比，那些失业的工人才是卑微可怜、一败涂地的机器。我们以美国和美国的科技及机械设备为榜样，却忘记了探询，美国是否也配备有同样优异的理性文化。我们可以用人类秩序的标准制约机器，但机器却不可能反过来制约人类。

这并不是说我反对钢铁或黄铜制造的机器。即使在梦中我也不会轻易断言，没有机器人类会过得更好。在很大程度上机器通过减轻人们的工作强度，提高了人类的生活质量；又或者，机器给人类带来了新的需求；抑或说，机器开拓了人们对世界的了解。

但是倘若要说机器对人类创作力的影响，爱迪生在其中的作用，要比大多数诗人多得多。机器不会限制人类的创造力，因为机器正是通过人类的创造力而产生的。

倘若我们能正确使用机器，那么人类与机器之间并无矛盾纠葛。然而事与愿违，我们更应该扪心自问，我们是否组织完善人类像组织完善机器那般小心谨慎？我们对改善人类事务投入的想象和智能是否像投入发明创造机器那般多？

最后我想说，我们应该对人类事务投入同样多的兴趣和关注。

数百年来人类的出行速度和生产效率成倍增长，但是我们却不能自豪地颂扬说我们的教育水平、生活保障，以及其他对生活有价值的领域，也得到了与之相称的发展。

毫无疑问，机器赢了人类，只是因为我们对机器生产注入了更多的关注和投资。我们制造的机器精巧绝伦，相比起来我们的社会和人类的进步就显得或多或少有些拙劣了。

倘若我们想要谈论人类的进步，就不要吹嘘夸耀汽车的数量，电话线覆盖的范围，而是要关注那些对我们、对我们的文明、对人类生活有价值的事。

不要害怕有一天机器会统治人类，因为更可怕的是我们自己成了自己邪恶的统治者。机器和人类的关系，主要取决于人类自己和自己的关系：机器的能力应该掌控在我们自己手上。

时代的没落

洞窟外一片沉寂。男人们一大清早便挥舞着长矛朝布朗斯科或者拉叶茨出发了，在那里他们可以追踪到成群的驯鹿；而此时，女人们则正在森林里采摘越橘的浆果，林中不时传来她们短促尖厉的叫喊声和回声；孩子们最有可能在洞窟下的溪水旁玩耍——那些顽皮又有些粗野的大孩子在一旁照看小点儿的孩子。

而上了年纪的亚内切克老人正在这不可多得的静谧和10月和煦的阳光中小憩，说直白点儿就是打瞌睡。他鼾声阵阵，但却装作并没有睡着的样子，装作自己正在看守着洞窟，仿佛自己是一位老酋长，统治着整个部族。

老人的妻子亚内奇科娃老太太铺开一张生熊皮，她开始用锋利的燧石将熊皮刮干净。

亚内奇科娃老太太猛然间想起，熊皮必须要一拃一拃地彻底清理干净，而不是像她儿媳妇那样草草了事。

那疯疯癫癫的女人只是马虎潦草地简单刷了几下熊皮，就跑去抱着孩子们抚摸亲吻。

亚内奇科娃老太太心想，这样的熊皮，根本没法长久保存，肯定会捂坏的。

亚内奇科娃老太太心里嘀咕着：要是儿子没跟儿媳妇说，我也没办法插手她干活……儿媳妇一点儿都不懂得节约，这是个事实。

老太太发现熊皮破了个洞，正巧就在背部正中间！"暴殄天物的人啊，"老太太身体抽动了一下，"怎么会在熊皮背后弄破一个洞？彻底毁了这块皮子！我儿子可永远不会在熊皮的背上弄出洞来。"

老太婆怨声载道："儿子每次都会瞄准熊的喉咙。"

"哎呀，"正在这时，亚内切克老人的几声哀叹打破了沉默，他揉了揉眼睛，"他们还没有回来吗？"

"哪儿？"老太太嘟嘟囔囔，"你不是守着呢吗？"

"哈，"老人睡眼惺忪地眯缝着眼睛，"你在哪儿呢？哦，这里呀。那儿媳妇去哪儿了？"

"我还得看着她？"亚内奇科娃老太太叽里咕噜地抱怨，"你知道的，在哪儿晃荡呢吧……"

"啊呵，"亚内切克老人打了个哈欠，"在哪儿晃荡？要么在这儿，要么在那儿，我们得说，要么，要么，像这样才行。"

两人再次陷入沉寂。只有亚内奇科娃老太太怒气冲冲地飞快刮着那张生熊皮。

"要我说。"亚内切克老人若有所思地挠了挠后背,"你瞧着吧,用那柄百无一用的骨制长矛,他们什么都捕猎不到,什么都带不回来。我不厌其烦地跟儿子说:任何骨头用来做长矛都不够坚硬稳固!

"这点常识你们女人也要知道,任何骨头、任何叉角都不够坚固、不够有韧性,知道吗?用骨制长矛刺骨头,骨头是没法把骨头击穿的,对不对?

"想想就知道,要用石制长矛。虽然石头加工起来很费劲,但是值得费力去做。儿子会怎么说?"

"你知道的,"亚内奇科娃老太太不耐烦地说,"今天谁也不要来命令我。"

"我从来不命令任何人,"亚内切克老人的声音变得激动起来,"难道还不能提建议吗?昨天我在山岩下给你找到了一片合适的扁平形状的燧石。只需要把燧石边缘削得更锋利一些，就很适合用作长矛的矛尖。

"我把燧石拿回家给儿子看：'儿子快看看，这块石头怎么样？'

"儿子却说：'爸，要这石头有什么用？'

"'儿子啊，燧石削尖了可以用来做长矛啊。'

"'但是爸爸，谁还会费劲削这石头呢？这样的破烂玩意儿我们在洞窟里已经攒了一大堆，它们毫无用处，它们甚至都没法用来做木质工具，要这有什么用？'"

"他们这些懒汉。"老头儿气鼓鼓地大喊大叫，"现如今再也没有人有耐心加工这样的燧石块了，就这样！他们安于现状！要知道，儿子的骨制长矛尖轻而易举就可以制成，但是它随时随地都有可能折断。

"儿子却说:'无所谓啊,换个新的就好了。'

"看看他们之后要怎么办!每时每刻都要备个新的长矛!要我说,谁见过这样的做法?亲爱的,像这样合适的燧石矛头,可以年复一年地使用!

"总而言之,要我说,他们迟早有一天会转变,会喜欢我们这样合适的石制武器的!所以我把找到的这些都藏起来了:旧箭头、手握式石斧、石刀……在他们眼里全是些破烂玩意儿!"

悲伤和愤慨压得老头儿有点儿喘不过气来。

"你看吧。"亚内奇科娃老太太附和,"就和这块熊皮一样。儿媳妇跟我说:'妈妈,干吗要费这么大劲刷干净熊皮,这工作太过繁重;您试着简单地用烟灰来鞣革就可以了,这样至少不会发臭。'要你来教我!"

老太太趁儿媳妇不在痛斥道:"我知道,知道些什么!自古以来鞣革都是靠反复刷洗干净,熊皮都是这么处理的!尽管这是一项繁重的工作。他们总是尽可能逃避这些工作!他们总是异想天开,另辟蹊径。用烟灰鞣革!有谁听过这样的做法!"

"你说得对。"亚内切克老人打了个哈欠,"他们总觉得我们办事的方法不够好。他们说石制的兵器用起来不顺手。我们现在就只能负责给他们看孩子;现如今就只能看着孩子们,免得他们磕破了胳膊!

"扪心自问,这世道将来会如何?就拿看孩子这事儿来说,儿媳妇还会说:'爷爷别管他们,就让孩子们自己去玩儿吧。'对,那他们的将来怎么办!"

"要是他们不这么干就好了。"老太太抱怨道,"现在的孩子真是越来越调皮了。"

"这是当今流行的教育方式,"亚内切克老人用说教的口吻讲道,"儿子总是这么跟我说:'爸爸,

说了你也不懂，时代变了，不一样了。'

"儿子总是说，哪怕是骨制长矛也不会永远存在。有一次他还说，人们发现了一种更优质的材料。

"要知道，这种材料敌得过一切，说得就好像除了石头、木材和骨头之外，还有谁见过别的比这些还坚固的材料似的。你不得不承认，自己不过是一个愚蠢的女人，这……这……这认知，超越一切界限！"

亚内奇科娃老太太双手垂到膝盖。

"你，"她说，"你是从哪儿听到的这些疯言疯语？"

"哎，据说这可是当下流行的。"没牙的老人咂咂嘴，"那边，四天前有一个不知道从哪儿来的新的部落在那边游荡，这群外族混蛋，听说他们就是这么干的。你要知道，那些愚蠢的想法可能都是跟他们学来的。骨制武器还有所有其他的一切都是和他们学的。甚至……甚至我们的孩子们还和他们做交易。"

老人义愤填膺地大喊:"用我们的毛皮去交易!他们什么时候从外族那里换得来点儿好东西!那群混蛋的东西毫无用处,毫无用处!祖先留给我们的经验教训是:要毫不犹豫地将外族部落清除出我们的领地。历来如此,对外族不必拐弯抹角,直接赶尽杀绝。

"但是儿子却跟我说:'爸爸,时代已经变了,现在流行的是以物易物,以物易物!'

"如果把对方全都杀死或者绑架,会怎么样?你会得到他所有的东西,并且什么都不用交换给他,何须以物易物?

"然而儿子却说:'这是掠夺他人的性命,这样的做法太卑劣了。'

"看到了吗,他们为生命而遗憾!这是他们当代人的想法。"

老人感到大失所望,嘟嘟囔囔道:"他们全都是傻瓜!为生命而感到遗憾!要是不相互残杀,世上这么多人该怎么存活。驯鹿的数量可是越来越少了!

"他们为别人的生命而惋惜,却对我们的传统毫无敬意,对我们的先祖、对自己的父母傲慢不逊……这就是时代的没落。"

亚内切克老人脱口而出。

"你看看,还有一次一个毛头小子在洞窟的泥墙上刻美洲野牛。我打了他一耳光,儿子却说:'让他画吧,你看那个野牛画得栩栩如生!'

"毛头小子停下不画了!何必干这些毫无用处的事?如果你无事可做,孩子,那就去削磨一些燧石,但不要在墙上画野牛!这可真让我们猎人感到羞耻！怎么会发生这样的蠢事？"

亚内奇科娃老太太紧闭双唇。

"可不止画野牛这一件事儿。"她顿了一会儿。

"怎么？"老头子问。

"没什么。"老太太不想说。

她突然下定决心：

"我耻于开口……但是还得让你知道。今天早上我找到……在洞窟里……一块猛犸的獠牙。上面雕刻着……赤身裸体的女人。"

"什么！"老头儿震惊不已，"谁刻的？"

亚内奇科娃老太太气恼地耸了耸肩："谁知道呢，可能是哪个年轻人吧。我把它扔进火堆了！太羞耻了！"

"不能再这样下去了。"亚内切克老人爆发了，"这是时代的没落！你瞧，他们可以用骨头刻出任何东西！而我们的思想中就不会有这样无耻的行径，因为用燧石什么都刻不出来。根源在此！这是他们的发明！他们总是有些千奇百怪的想法，总是尝试另辟蹊径，直到将一切破坏殆尽。"

"要我说，"亚内切克老人像预言家般宣称，"他们胡作非为的日子定不会长久！"

五个面包

我有什么可以反对耶稣的呢？我直截了当地告诉你们，我的邻居们，对于耶稣的学说我没有任何反对意见。绝不反对。

有一次我去听了一场布道，不瞒你们说，我险些成为耶稣的门徒。听完布道后，我回到家对我做马具匠的兄弟说："你一定听说过，耶稣是一位预言家。"

他言辞和善，道尽世间真相，他扭转人们的心性，他让我的眼眶盈满泪水。我迫切地想要关了我的面包铺子，追随耶稣而去，让他再也不要离开我的视线。

耶稣对我说："要散尽你的钱财，追随我而去。要爱你的邻舍，要帮助穷人，要饶恕那些伤害过你的人。"

我不过是一个平凡普通的面包师，然而当我听到耶稣所言，我的内心充满了难以言说的奇怪欢愉与苦痛。我不知道该如何形容，要我说，那样的苦难，简直让我想要匍匐在地痛哭流涕，但与此同时内心又感到快乐与轻松。仿佛我身上的一切重担都已坠落。

一切的繁杂琐事，一切的激愤恼恨。

我对我的兄弟说："傻瓜，你该为自己的贪婪感到羞愧难当。那些你亏欠别人的，你当还清你所拖欠的什一税[①]、附加税以及各种利息。你是否乐意散尽家财救助穷人，抛妻弃子，追随耶稣而去。"

[①] 欧洲基督教会向信徒征收的一种宗教捐税。——编者注

至于耶稣治愈病人和着魔的人,我也没有什么好指责他的。确实,他展现了一种奇异的超自然的神力。

但这却让每个人都意识到,我们的外科郎中不过是群没有本事的庸医。当然那些罗马人也没好到哪儿去。花钱请罗马人来医治垂死的人,他们只会耸耸肩,然后说,你们应该早点儿请我们来。

早点儿?我的亡妻此前有两年身患循环系统疾病,我带她去看了很多医生,倾家荡产,而我亡妻的病情却毫无起色。

如果那时耶稣在城中行走,我跪倒在他面前祈求:"主啊,求您医治这位妇人!"

我的亡妻只要触摸他的长袍便可得医治。可怜人只需去做,甚至不用言说。

我要颂赞他医治百病的神迹,但是那些赤脚医生定然怨声载道,怒斥他是骗子、是外行人,想要将耶稣驱逐。人总会在意各式各样的私利,而那位想要救助世人、拯救世界的神,难免会冲撞到某些人的利益。

我可以赞颂他一切行为,要我说,他医治百病,哪怕让逝者复生我都可以歌颂。但他用五个面包实现的神举,却是万万不可的。作为一名面包师,我必须要告诉你们,五个面包的神迹对面包师们来说太不公平了。

关于五个面包的神迹你们竟毫无耳闻?这太不可思议了。所有的面包师对此都不知所措。

据说有一大群人跟随耶稣来到旷野,耶稣在这里为病者医治。黄昏将至,耶稣的门徒走到他身边,说:"主啊,此处是旷野,天色已晚,让人们去临近的村子买食物吃吧。"

耶稣却对门徒说:"他们不需要离开,把你们的拿给他们吃。"

门徒说:"我们这里只剩下五个面包和两条鱼。"

耶稣对他说:"去把它们拿来。"

耶稣让人群在草地上坐好,他拿着五个面包和两条鱼,抬头望向天空,向上帝祈求,然后把面包掰开。耶稣把面包分给他的门徒,门徒再把面包分给众人。每个人都吃得饱足。最后耶稣吩咐门徒收集零碎的面包,免得糟蹋。那余下的,竟然装满了十二个篮子。这件事发生的那天,除了女人和孩子之外,在场的还有大约五千名男子。

坦白来说,所有的面包师对此都很不满意。怎么会发生这样的事?要是某个地方有人只用五个面包和两条鱼就可以喂饱五千人,那让我们这些面包师去讨饭吃吧,我说的难道不对?

至于那些鱼,放在那里随意取用,我并没有意见。鱼儿自己就能在水里繁殖,任谁都可以去捕捞。但是面包师却需要花大价钱购置面粉和木材；面包师必须要有帮工，还要付他们工资；面包师必须租赁店铺；还要交税；等等。幸运的话，最后还能剩下几格罗申聊以维持生计，不至于上街乞讨。

而耶稣只需要抬头看看天空，就可以得到足够五千甚至更多人享用的面包。他不需要花钱买面粉，也不知道是从哪儿弄到的木材，不用租赁店铺，甚至不需要付出劳动，然后就可以免费给人们分发面包，怎么可能这样！耶稣甚至都没有看到他周围的面包师正在勤勤恳恳地为生计努力！

要我说，这样的竞争太不公平，必须要制止他。如果耶稣也想要从事烘焙业，就必须像我们一样交税。

已经有顾客来对我们说："你们竟然卑鄙无耻地用这些小圆面包挣'毫无基督精神'的钱？"

"你们应该像耶稣一样免费提供面包。"他们说,"耶稣分给众人的是那种白色松脆、香气扑鼻的小面包,这样人们都可以吃很多。"

我们面包师不得不降价,不得不以低于加工价的价格售卖面包,就是为了不至于关门大吉。至于未来事态将会如何发展,我们所有的面包师都晕头转向不知所措。

据说在另一座城市,耶稣用七个面包和几条鱼喂饱了除女人和小孩以外的四千名男子,但是最后零碎的面包,只收集到了四篮。或许他的神迹有的时候也未必尽善尽美,但却足以彻底毁了我们面包师。

正如我告诉你们的,这对我们面包师们来说非常不利。尽管鱼商们也在抱怨,但正如你们所知,他们自己都不清楚想要什么样的鱼。鱼铺很久以前就已经不像面包店那样诚恳勤勉地经营了。

我的邻居们，你们瞧瞧，我已经是一个年迈的老人，孤身一人活在这世上；我没有妻子没有孩子，我又还需要别的什么呢？我已经告知我的帮工，今后烦请他照料我的面包店。在此，我并不想诉说我自己的功勋；天地良心，我最渴望的是散尽我微不足道的家财，然后追随耶稣去爱我的邻人，爱所有一切他要求我做的。

但是如果我看到耶稣再行五个面包的神迹，我还是会说，不要这样做！我作为一名面包师亲眼所见，这对我们来说不是拯救世界，而是大祸临头。很抱歉，这样的神迹不可原谅。不行的！

我们向亚拿尼亚[①]抱怨，向总督控诉，指责这种破坏商业规则、破坏正义的行为。但是这些部门办起事来总是拖拖拉拉。

---

① 耶路撒冷教会的信徒。——编者注

邻居们,你们是了解我的。我虽是个和平主义者,不愿同人起争执,但是如果耶稣来到耶路撒冷,我会站在路边大喊:"把他钉在十字架上!把他钉在十字架上!"

尤拉伊·丘普的悲剧

"事情真的发生了。"宪兵大尉哈维尔卡开始讲述起来,"即使是在罪行中,有时也会出现不同寻常的责任感和仪式感。关于这一点我可以举出各种各样的例证,其中最奇怪的要数尤拉伊·丘普的案子了。

"那是我还在亚西尼亚的外喀尔巴阡州做宪兵时发生的事了。

"那是一个一月的晚上,我们正在酒馆里寻欢作乐。酒馆的主人是这个村子的长官,一位曾经从事铁路工作的退休了的高贵绅士,他是个吉卜赛人。尽管我并不清楚他祖籍何处,但我猜测,他应该是汉莫瓦①的后裔。

"当他开始演奏自己喜欢的小曲儿时,人群总是靠得越来越近,四下寂静无声。我的天啊,当他销魂夺魄的曲调穿进耳朵,那……那……那感觉,就像是从身体里一把攫取了你的灵魂。我要告诉你们,他的乐曲中隐含着严肃又隐秘的恶行。

"当那曲调来吸附我的灵魂,我会啼哭,会咆哮,像疯魔的小鹿。我会弄伤自己,会将玻璃杯摔个粉碎,会高歌,会用头撞墙,会想要谋杀,抑或是坠入爱河。……先生,当吉卜赛人开始施魔法,他们一定会使人神魂颠倒。

"当我正在兴头上时,老板来找我说,有个罗斯人在酒馆外面等我。

"'让他在外面等着,或者明天再来。'

---

① 汉莫瓦:俄罗斯阿尔汉格尔斯克州维诺格拉多夫斯基区的一个农村地区。——译者注

"我在酒馆中狂欢,为青春痛哭,拥抱我的美梦。我爱上了一个女人,妖娆婀娜的高大女人。

"'那个偷心的吉卜赛女人,她战胜了我灵魂最深处的苦楚。'

"这件事我就长话短说。要知道,这都要归功于那音乐、那刻骨的痛和浓烈的酒。

"几个小时之后,老板又来找我,说那个罗斯人还在酒馆外面,在凛冽的寒冷中等我。但是我还没有为逝去的青春流尽最后一滴眼泪,托卡伊甜酒还没能浇灭我心中的忧思。

"我像成吉思汗那样挥动手臂,仿佛这一切对我来说都无所谓,除了那爱的游戏,除了那吉卜赛女人。

"之后又发生了什么,我已全然无知。

"清晨走出小酒馆时,我感到寒冷刺骨,积雪发出咔吱咔吱的声响,仿佛玻璃在相互碰撞。那个罗斯人穿着白色粗皮鞋，白色的民族服装，身披白色羊皮，站在酒馆门口。

"当他看到我时，他深深鞠了一躬，声音已经冻得沙哑。

"'你想要做什么？'我问他，'你要是敢耽误我的时间，我就扇你一个大嘴巴。'

"那个罗斯人说：'尊敬的先生，我来自沃洛瓦·莱霍塔村，村长让我来找您。玛琳娜·马泰约娃被杀了。'

"我的大脑似乎清醒了一点儿。沃洛瓦·莱霍塔村可是个荒凉偏僻的村庄，村子里大约有十三个孤零零的农舍。那个村子在离这里三十公里远的山里。这样凛冽的天气能从村子到这里来，可真是上天保佑。

"我大叫：'上帝啊，是谁杀了她？'

"'尊敬的先生，是我杀的。'那个罗斯人恭顺

地说,'我叫尤拉伊·丘普,是迪米特拉·丘普的儿子。'

"'你要自首?'我打量了他一眼。

"尤拉伊·丘普谦恭地继续说道:'村长命令我来找宪兵,告诉宪兵我杀死了玛琳娜·马泰约娃。'

"'你为什么要杀了她?'我大声咆哮。

"'是上帝指示我这样做的。'尤拉伊显然对自己所说的深信不疑,'上帝命令我说,杀了玛琳娜·马泰约娃,杀了你的亲姐妹,她已被恶灵附身。'

"'该死的,'我感叹,'但是你自己是怎么从沃洛瓦·莱霍塔村到这儿来的?'

"'上帝助我前行,'尤拉伊·丘普虔诚地说,'上帝保护我,让我不致在大雪中送命。我要歌颂上帝之名。'

"我不知道你们是否知道喀尔巴阡山的暴雪是

什么样的。倘若你们知道,躺在两米厚的大雪中是什么感受;倘若你们看到,瘦小孱弱又虔诚的尤拉伊·丘普,在凛冽的寒冬中,在酒馆门口等了足足六个小时,就是为了来承认他意外杀死了上帝的仆人玛琳娜·马泰约娃,我不知道你们会怎么做。我在胸前画十字,尤拉伊·丘普也像我一样在胸前画十字。然后,我逮捕了他。

"我用雪洗了把脸,扣上滑雪板,和宪兵克劳帕一起前往沃洛瓦·莱霍塔村。

"宪兵长官拦住我,说道:'哈维尔卡,你真是个蠢货,你哪儿都不准去,这种雪天出去就是去送命。'

"我向长官敬礼,然后说:'您说得对,长官先生,但是上帝命令我去,我必须得去。'

"而克劳帕是崔茨科夫人,我还没有见过哪个崔茨科夫人不想要去干一些胆大妄为的蠢事,而后以此来吹嘘显摆。

"于是我们出发了。

"我不再赘述我们的旅途。但是我还是想给你们讲讲,克劳帕最后是如何因为恐惧和疲惫,像个孩子一样抽泣。我不得不重复二十遍,说上帝与我们同在,说再往前一点儿我们就到了。这三十公里的路程,我们足足花费了十一个小时。我们连夜出发,又一个夜幕降临时,方才抵达。这么说就是为了让你们能够感同身受。

"克劳帕这样的宪兵,平时脾气倔得像马,但是当他摔倒在雪堆中时,他开始哭号,说他一步都不能往前走了,到此为止了。

"我仿佛是在梦中前行,不停自言自语:'尤拉伊·丘普也走过这条路,他像匕首一样锋利坚韧,在严寒中苦等六个小时,只是因为村长命令他这样做。尤拉伊·丘普穿着潮湿的粗皮鞋,尤拉伊·丘

普站在暴风雪中，尤拉伊·丘普有上帝的帮助。'

"倘若你们看到石块向上掉落，而不是向下坠落，你们会说这就是奇迹。但是没有人把尤拉伊·丘普前来赎罪的朝圣称作是奇迹。然而尤拉伊·丘普却是比石头向上掉落更伟大的见证。

"让我继续说下去，倘若你们想要见证奇迹，去看看人吧，不要只注目那石块。

"抵达沃洛瓦·莱霍塔村时，我们两人已经双脚发软，走起路来颤颤巍巍，像影子般轻飘飘的，感觉自己就像是已经死了。我们用力拍打村长家的大门，一切仿佛都在沉睡。没过多久，村长打开了门，手里端着一杆步枪。村长长得高大粗壮，蓄着一脸大胡子，他看到我们，一句话都没有说，立刻跪下来帮我们解开滑雪板。当我回忆起那天所见，浮现在脑海里的是一幅古怪但却简单隆重的图画。

"村长一言不发地把我们领进一间农舍，屋里点着两支蜡烛,一位皮肤黝黑的女人跪在圣像前。身穿白衣躺在床上的是已经去世的玛琳娜·马泰约娃。虽然她的伤口显得很残忍,但却出乎意料地干净,就像是屠户切开小猪崽一样平整干脆。死者面色苍白,只有那些流尽了最后一滴血的人,才会如此惨白。

"然后村长又一言不发地把我们带回自己的小屋,有十一个披着羊皮的男子在屋里等候。也不知道为何,他们的羊皮发出一股霉臭味。

"村长安排我们坐在桌边,咳嗽两声,深鞠一躬,开口说道:'以上帝之名,我们在此为去世的上帝的仆人玛琳娜·马泰约娃进行告解。仁慈的上帝!'

"'阿门。'十一位男子齐声说,一边在胸前画十字架。

"村长说,两天前的寂静夜晚,他听到有什么东西从外面挠门的声音。他本以为那是只狐狸，于是端着步枪去开门。打开门后却发现，门槛上躺着一位女子。村长想要扶她起来，但是女子的头却向后倒下。那名女子就是玛琳娜·马泰约娃，她已经无法说话。

"村长把玛琳娜·马泰约娃扶进屋内，让她躺在床上，然后吩咐牧师用喇叭通知沃洛瓦·莱霍塔村所有农户来他的房子集合。

"当人们都到齐了，村长转身面对玛琳娜说：'玛琳娜·马泰约娃，在你离世之前，我们需要你的证词，是谁杀了你？玛琳娜·马泰约娃，是我杀了你吗？'

"玛琳娜无法摇头，只能闭了闭眼睛。

"'玛琳娜，是你的邻居弗拉霍·瓦西洛夫的儿子吗？'

"玛琳娜又闭上了眼睛。

"'玛琳娜·马泰约娃,是不是这位科胡特,人称凡卡?'

"'是不是你的邻居马丁·杜达什?'

"'玛琳娜,是不是这位巴兰,人称桑多儿?'

"'玛琳娜,是不是站在这里的安德烈·沃洛贝兹?'

"'玛琳娜·马泰约娃,是不是站在你面前的克利姆科·贝祖赫?'

"'玛琳娜,是不是这位斯捷潘·博博特?'

"'玛琳娜,是不是塔特卡杀了你,米哈拉·塔特卡的儿子?'

"就在这时,玛琳娜·马泰约娃的兄弟尤拉伊·丘普推门走进来。玛琳娜开始不住颤抖,吓得两眼圆睁。

"村长继续问询:'玛琳娜,是谁杀了你?是不是这位弗多尔,名叫塔兰奇克?'

"但此时玛琳娜已经不再作答。

"'为她祈祷吧。'尤拉伊·丘普说,于是所有人跪倒在地。

"最后,村长站起来说:'愿你的灵魂安息!'

"'还没有结束,'年迈的杜达什说,'上帝的仆人玛琳娜·马泰约娃与世长辞,以上帝之名请告诉我们:是牧师丘赫杀了你吗?'

"寂静无声。

"'玛琳娜·马泰约娃,以上帝之名起誓:是伊凡的儿子托赫·伊凡杀了你吗?'

"所有人都屏住了呼吸。

"'玛琳娜·马泰约娃,以上帝之名起誓:是你的亲兄弟尤拉伊·丘普杀了你吗?'

"'是我杀的,'尤拉伊·丘普说,'上帝指示我杀了玛琳娜,她已被恶灵附身。'

"'闭上她的双眼,'村长命令道,'尤拉伊,你

现在去亚西尼亚，去告诉宪兵。你要这样说：我杀死了玛琳娜·马泰约娃。在此之前，你不要休息，也不要吃喝。去吧，尤拉伊！'

"村长打开门，走向玛琳娜·马泰约娃，去为过世的女人吊唁。

"也许是因为羊皮的腐臭，也许是因为我实在太累了，我感到自己所听所见的，似乎展现出一种奇异的和谐和庄严。我感到晕头转向，不得不走出门，走到寒冷的户外醒醒脑。

"我的天啊，我不由自主地产生一股冲动，想要站起来大喊：'上帝的子民！上帝的子民！我们会按照这世界的法规法条对尤拉伊·丘普进行审判，而你们只是遵循上帝的戒律。'

"我想要深深鞠躬，但因为我是宪兵，所以不允许这样做。我在户外来回踱步，不住地大骂，许久才恢复作为宪兵的理智。

"宪兵是一种野蛮的工作。第二天清晨我在尤拉伊·丘普的农舍翻出来玛琳娜·马泰约娃的丈夫从美国寄来的美元现金。

"当地的法官根据这一证据判断是抢劫杀人案,尤拉伊·丘普被判处绞刑。

"没有人会对我说,我是凭借个人的力量才走完那段艰难的路程。

"但我自己清楚明白,人的力量是什么。

"而对于上帝的决定,我想,我也有了些许体悟。"

脚印

寂静平和又纷纷扬扬，大雪落在银装素裹的大地上。鲍拉躲在一间小木板房里，他心想，大雪总是令这个世界分外沉寂。一时间他感到一阵浓烈的欢喜，又伴随着惆怅。抑或说，这广袤无垠的天地令他备感孤寂。他眼前的大地变得简单，变得辽阔，似乎连成了一片，平整的白色波浪起起伏伏，各种小动物还没有在雪地上留下杂乱的痕迹。最终，在这片神圣的寂静中，唯一旋舞着的雪花也变得稀疏了，雪终于停了。

鲍拉犹豫不决地迈出了一步，破坏了还没有人踩过的积雪。他看着自己的脚印连成一长串，在大地上留下了印记。这时,公路的另一边走来一个穿黑衣的人,他身上覆着一层雪。那人和鲍拉错身而过,两人的脚印交错,在雪地干净的白板上画下了第一笔人类混乱的痕迹。

对面走来的那人胡子上还坠满了积雪,他突然停下脚步,目不转睛地盯着公路旁仔细看。鲍拉也放缓了脚步,顺着那人的目光细细查探。他们两人的两串脚印紧靠在一起停了下来。

"您有没有看到那个脚印?"身上满是积雪的男人问道,一边用手指着离他们站的地方六米之外的雪地。

"我看到了,那是一个人的脚印。"

"是的,但是那脚印是怎么到那儿的呢?"

鲍拉本来想说是某个人走到那儿去的,但他突然收住了刚要说出口的话。那个脚印孤零零地印在雪地中央,没有走来的足迹,亦没有离开的痕迹。

"它是怎么到那儿的呢?"鲍拉内心一阵疑虑,他想要走近看一看。

"等一下,"那个男人制止了鲍拉,"要是在那个脚印周围弄出一大堆多余的痕迹,就会破坏现场。"

那人又火急火燎地说:"我们还得解释那里之前只有一个脚印。可能是有人从这里跳到了雪地中央,这样就不会留下走过去的脚印了。但是谁能跳这么远呢,况且他又怎么可能单脚跳过去?这样会失去平衡,另外一只脚总该在哪里支撑一下的。我觉得,他肯定会向前冲出一小段才能停下来,就像从开动着的电车上跳下来那样。但是地上却没有第二个脚印。"

"这绝无可能。"鲍拉说道,"倘若他是从这里跳过去的话,那在我们来之前,雪地上就会留下脚印了。可是这里只有我们的脚印。在我们之前并没人来过。"

"脚印的脚后跟朝向公路,谁会朝那个方向走呢?要是去附近的村子,需要向右边走,脚印去的那个方向只有一片田野呀。真见鬼,难不成是去田野里找谁?"

"但不管是谁走到了脚印那里,之后他总得离开呀。但我确信,那个人肯定没有离开,因为他根本没有迈出第二步。那个脚印痕迹清晰。没有人去那儿。肯定还有别的解释。"

鲍拉绞尽脑汁地想。

"有可能那里本来有个小坑,或者是那人踩到了泥坑里,之后大雪落在上面。抑或是,有人在那儿扔了只鞋子,下雪的时候鸟把鞋子叼走了,于是那里就留下了没有被大雪覆盖的脚印。我们得找出自然合理的解释。"

"要是在大雪纷飞之前那里就有了只鞋子的话,

我们看到的就会是黑色的土地,但是我看到那个脚印下面却是雪。"

"可能是正在下雪的时候鸟把鞋子叼走的。或者鸟在飞行途中把鞋子掉在那里,紧接着又把鞋叼走了。这两种情况都会留下那样的脚印的。"

"鸟为什么要叼鞋子呢?难道是要在里面筑巢?小鸟可叼不动鞋子,可是大鸟的话,它们又钻不进鞋子里去。肯定有更普遍合理的解释。要我说,这个脚印,如果不是从地面走来的,就一定是从天空中掉下来的。您觉得是鸟叼来的,当然从空中来还有另、另外一种可能……气球,可能有人抓着气球,只用一只脚踩在地上,故意卖弄洋相。您不要笑,虽然这种牵强附会的解释我也很不满,但是……倘若我们看到的那个根本不是个脚印,我会很高兴。"

两个人同时迈步向脚印走去。

四周的环境清晰明了，公路旁排水沟的外侧，是绵延不绝的、未开垦的、覆满积雪的田野。正中间是那个脚印，脚印的后面是一棵不大的树，树枝同样被厚厚的积雪覆盖。公路和脚印中间的田野还维持着刚下完雪的样子，雪面没有任何破坏。雪地依旧柔软，还没有因严寒而变得松散。

这确实是人的脚印。脚印是一款美国制雪地靴，鞋底巨大，鞋跟部位还有五个锋利的鞋钉。脚印处的积雪轮廓清晰，雪面被踩踏得非常平整，脚印上并没有覆盖一层松散未被踩踏的雪花。可想而知，脚印是在雪停之后才刚出现的。脚印深刻有力，其承受的重量远超他们两人的体重。鸟叼鞋子的猜测便不攻自破了。

脚印正上方是树枝，一些细小的树枝的积雪还没有被抖落。只要轻微晃动，树枝上的雪便会整块整块地掉落。因此，鞋子从上面掉落的猜测也不成立了，因为任何东西从上面掉下来都不可能不碰掉树枝上的积雪。但现实却是，脚印的轮廓干净清晰。

脚印的远处依旧是覆盖着平整雪面的田野。从山坡至山顶，从山顶至山谷，尽是洁白未被破坏的雪面。甚至更远的远方，是更加辽阔的一片皑皑白雪。方圆一公里之内都没有第二个脚印。

两人重新站在一起，身后留下两列自己的脚印，脚印规则有序、整洁美观，像是刻意为之。两列脚印围成了一个圆环，中间正是那个奇怪的脚印，那脚印显得强健有力，孤零零地在雪地中央，对鲍拉他们来说就像是嘲弄。有些东西吸引着他们，让他们驻足在脚印周围，却没有踩坏它。寂静中，他们无法摆脱脚印带来的困惑。

鲍拉坐在公路边的界石上，他感到筋疲力尽又张皇失措。

"有人在跟我们开玩笑。"

"这糟糕透顶。"另一人说,"真是愚蠢至极,但是……该死的,从物理学角度来说,这绝对是天方夜谭……"

那人忧心忡忡讲得飞快:"如果这里只有一个脚印的话,可不可能走过去的人就只有一条腿?您不要笑,我知道,这听起来很荒谬,但是总该有个解释。每当我们有什么想法,总会有别的东西否定我们的猜测……我现在完全晕头转向。要么我们两个都是傻瓜,要么就是我正在发烧,晕头转向地躺在家里,要么总该有个自然合理的解释。"

"我们两个是傻瓜。"鲍拉若有所思地说,"我们一直在试图寻找'自然合理'的解释,我们紧抓着这些错综复杂、违背理智又牵强附会的原则,仅仅因为它们是'自然合理的'。如果真相远比我们想象的简单且自然合理,如果这脚印不过就是某种奇迹。我们可能仅仅惊奇一下，然后就各走各的路……没有混乱繁杂。这个解释可能会让我们满意。"

"靠某种超自然的神力产生这个脚印，这个解释我可不满意……倘若超自然神力制造出某种令人叹为观止的奇迹，我肯定会双膝跪地，大呼'神力奇迹'。但是这个脚印，神迹不会费力留下这样微不足道的迹象的，奇迹通常会创造出数不胜数的大片脚印，又怎么会只留下这么一个脚印呢？"

"倘若您面前就有一个人，他能够使死人复活。于是您跪倒在地，卑躬屈膝。可是还没等您膝盖下面的雪融化，您就会意识到，被救活的人刚刚只不过是在装死。这里没有任何虚假的奇迹，出现在这里的，是通过最简单的方式实现的奇迹，就像是做物理实验。"

"虽然可能我根本不会相信使死人复活这样的

事。但是我自己也在期待着被拯救，盼望着奇迹的发生——我期待神迹降临，改变我的生活。而这脚印并没有改变我、没有拯救我，亦没有使我摆脱困境。它只是令我感到被折磨，仿佛凝视着我，让我没有办法开心起来。但是我仍旧相信：超自然神力的解释可能会令我满意，但这脚印却是让我犹疑的第一步。倘若我从没看到过这个脚印就好了。"

两人陷入了长久的沉默。雪又开始下了，雪花变得越来越稠密。

"我记得。"鲍拉大喊道，"我在休谟的书里读到过关于沙滩上一个孤零零的脚印的故事。我们今天遇到的情况不是第一次出现了。我想，可能有上千个这样的脚印，数量多得出乎意料。对于这些脚印，我们想不到任何解释，因为我们早已习惯了特定的规律，其他可能的规律便想不到了。这可能不过是零星发生的事情，这个世界上总有些事，我们无法做出解释。

"您看,我们的脚印都是一样的,但是那个孤零零的脚印却比我们的脚印更大,痕迹更深。而回想自己的生活,我意识到,我不得不承认在我的生活中,有些脚印,不知从哪儿来,亦不知向哪儿去。回想我所经历过的一切,过于错综复杂,就像是有的文章,开头写得规整有序,结尾走向却完全不同。

"有时候会出现这样的事,您会突然间感到你知道或是经历过眼前的场景,但是在此之前你却从没有见到过,从没有出现过相似的场景,而此后你也不会再找到相似的地方。人类,和其他任何事物都不会融为一体,人类只会展现自己的孤独。

"我知道有的事物,它既不是其他事物的源起,也不会成为其他人其他事的拯救者,只是……有些事,它们不会继续发展延续下去,也不会对我们的生活产生帮助，但它们却是我们生命中最重要的东西。您有没有感觉到，这脚印的美，远胜过你所见过的一切事物？"

"我想起来了，"另一人回应说，"七里靴的故事。① 可能在另外某个地方，人们也发现了一个这样的脚印，他们也不知道该作何解释。谁知道呢，可能前面的脚印出现在帕尔杜比采，在科林，之后的脚印出现在拉科夫尼克。

"我当然也可以认为，之后的脚印还没有被踩在雪地上，或者之后的脚印也可能出现在其他地方，出现在其他发生了的或是即将发生的重大事件中央，因为我们看到的这个脚印可能不过是一连串事件中的一环。我们可以想到很多这样的奇事，在其中，这样的脚印有它自己的地位和作用。如果我

---

① 童话里一步能走七里的靴子。——编者注

们的报纸，能够完全记载所有发生了的事，那我们很可能在《每日新闻》栏目，读到关于另一个脚印的记录，我们就可以发现脚印前行的路线。

"这个脚印很可能是神的行迹，脚印之间没有相互联系也没有持续不断的移动。这也可能是某位神仙的行迹，我们应该跟上他。这样他就可以带领我们一步一步走向神的国度。这也可能是救赎的路径，一切皆有可能……但是面前只有一个脚印，这件事太糟糕了，我们没有办法继续追寻脚印的轨迹。"

鲍拉抖了抖身上的雪，站起身来。雪越下越密，冰雪覆盖的田野里的那个大脚印已经逐渐被新落下的雪覆盖。

胡子上有雪的男子说："我不会放弃的。"

鲍拉心想："脚印已经消失了。"

两个人朝着两个相反的方向各自走去。